AF377910

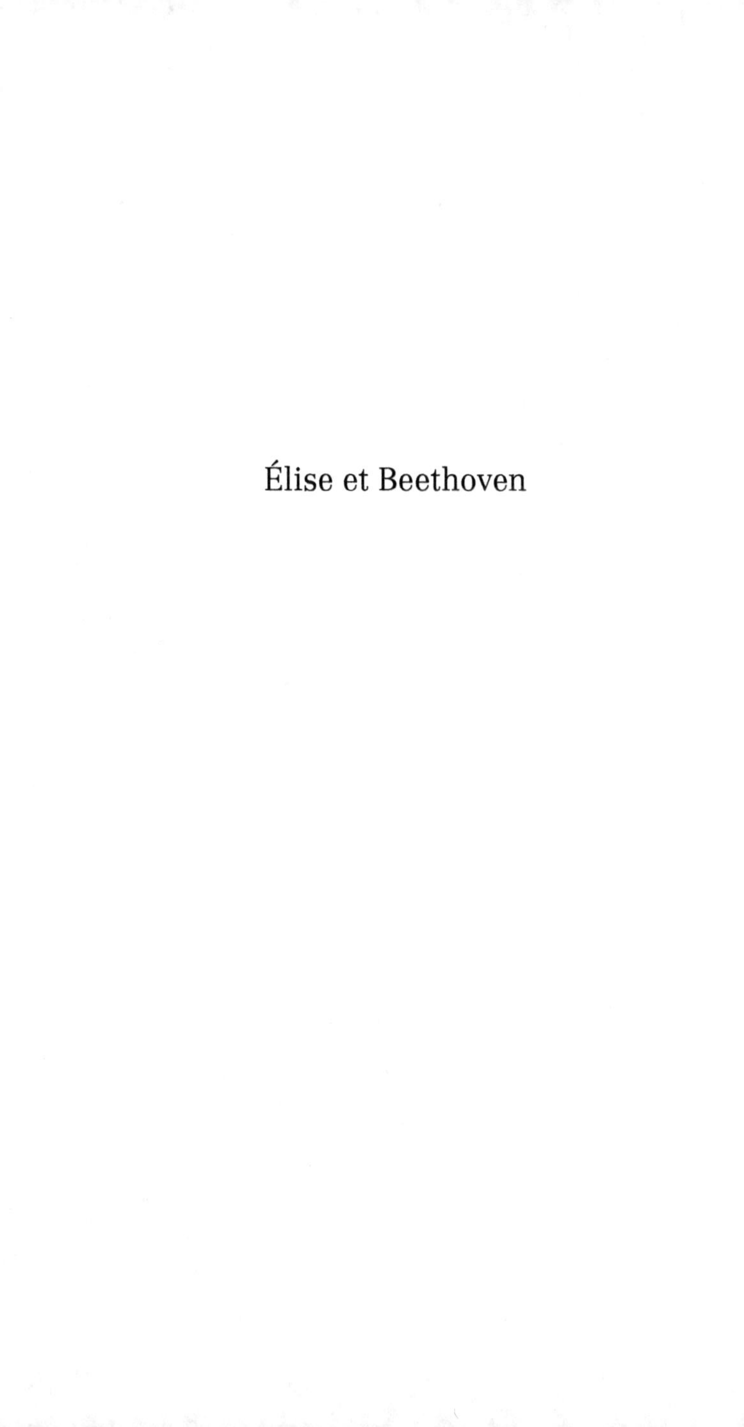

Élise et Beethoven

K.E. Olsen

Élise et Beethoven

ROMAN

David

Catalogage avant publication de Bibliothèque et Archives Canada

Olsen, Karen, auteur
        Élise et Beethoven / K.E. Olsen.

(14/18)
Publié en formats imprimé(s) et électronique(s).
ISBN 978-2-89597-427-7. — ISBN 978-2-89597-460-4 (pdf). —
ISBN 978-2-89597-461-1 (epub)

        I. Titre. II. Collection : 14/18

PS8629.L744E55 2014   jC843'.6   C2014-901353-1
                                       C2014-901354-X

Les Éditions David remercient le Conseil des Arts du Canada,
le Secteur franco-ontarien du Conseil des arts de l'Ontario,
la Ville d'Ottawa et le gouvernement du Canada par l'entremise
du Fonds du livre du Canada.

Les Éditions David
335-B, rue Cumberland, Ottawa (Ontario) K1N 7J3
Téléphone : 613-830-3336 / Télécopieur : 613-830-2819
info@editionsdavid.com / www.editionsdavid.com

À Martine Noël-Maw
pour ses premières lectures,
Ian Nelson pour ses précieux conseils,
et Ted Stewart, mon meilleur critique,
toute ma reconnaissance.

Combien je serai heureux,
si même sous la tombe,
je puis vous être encore utile.

Ludwig van Beethoven

Prologue

Élise était emballée de faire découvrir à Julien le café minuscule où elle avait l'habitude de s'arrêter après ses leçons de musique. Elle aimait y prendre une collation avant de regagner la maison.

Ils entrèrent par la bouche du métro à la station McGill, puis changèrent de ligne à Berri-UQAM pour descendre à l'arrêt Mont-Royal. Élise resta coincée temporairement dans un tourniquet automatique, avant d'entraîner Julien au niveau de la rue par un escalier roulant immobilisé que des ouvriers tentaient de remettre en marche.

À la sortie du métro, ils empruntèrent la rue Saint-Denis. Les trottoirs étaient bondés. Les gens faisaient leurs courses, chacun chargé de sacs d'épicerie réutilisables ou de sacs boutiques aux couleurs vives, arborant la griffe des grandes marques. Élise se frayait un chemin dans cette cohue grouillante, tandis que Julien faisait de son mieux pour la suivre. Ils passèrent devant des boutiques de musique, de livres, de chaussures et des restaurants offrant des délices des quatre coins du monde.

Élise s'arrêta net sous un néon où clignotait le mot « Cumulus ».

— Tiens, c'est là, dit-elle.

Ce café lilliputien aux surfaces blanches et bleues évoquait un ciel d'été rempli de nuages duveteux. On y servait des boissons chaudes avec des desserts vaporeux, mousseux, fins et légers. On y présentait les gâteaux avec de la crème chantilly et on y coiffait les tartelettes de flan à la vanille d'une meringue de beau temps offerte dans une gamme d'essences et de parfums de fruits. Citron, fleur d'oranger, lavande, thé vert, pistaches, framboises, amandes et barbe à papa émoustillaient les papilles des plus gourmands, au palais le plus fin. La spécialité de la maison était la mousse de brume glacée, dont le chef pâtissier gardait jalousement la recette.

Ses amis étaient déjà installés devant l'une des deux étroites vitrines qui donnaient sur la rue.

— Salut vous deux! Vous êtes ici depuis longtemps?

— Non, non, on vient juste d'arriver...

— Grégoire et Sophie, j'aimerais vous présenter Julien Lesage, mon prof de musique.

On entendit les chaises racler le plancher lorsque les deux adolescents se levèrent pour donner la main à Julien.

— Élise nous a beaucoup parlé de vous, claironna Grégoire en se rassoyant.

— Elle se plaint sans doute que je la fais trop travailler, plaisanta Julien, affairé à suspendre son manteau à la patère près de leur table.

— Non, au contraire, elle nous assure qu'elle vous doit sa réussite, dit Sophie.

— Elle possède un talent remarquable. Ce n'est pas souvent qu'un prof de musique a la chance de travailler avec une élève aussi douée, ajouta Julien en se joignant au trio d'adolescents déjà attablés.

Élise se sentit rougir, pendant qu'un jeune homme vêtu d'une chemise blanche, d'un pantalon noir et d'un long tablier de service, s'approchait pour leur souhaiter la bienvenue et leur distribuer les menus.

— Élise, toi qui fréquentes souvent ce café, que me suggères-tu ? demanda Julien.

— Ici, je trouve tous les desserts délicieux. Tu devrais essayer la mousse de brume glacée et le café nimbus.

— Moi, je vais prendre un café cumulus, décida Sophie.

— J'aimerais bien un chocolat chaud stratus et un morceau de gâteau tornade au caramel, choisit Grégoire.

— Je vais prendre la même chose, dit Élise, sans hésiter.

Julien fit signe au serveur, qui prit tout de suite leur commande.

— Élise, j'ai trouvé ton dernier texto quelque peu énigmatique, pour ne pas dire hermétique au boutte ! Qu'est-ce qui se passe ? demanda Grégoire.

— Tu te souviens du labo de Mme Simard, où je vous ai posé plein de questions sur les façons de déterminer l'âge et l'authenticité d'un document ?

— Oui, mais c'est loin tout ça.

— On devait identifier le cheminement de l'alcool dans l'organisme humain, du cerveau aux systèmes sanguin et digestif, lui rappela Élise.

– Ah ! Oui, oui, ça me revient. On devait aussi faire la comparaison entre ses effets nocifs et ses répercussions antalgiques sur le corps, déterminer sa composition et expliquer comment on établit la proportion d'éthanol ou le titre alcoométrique volumique d'une boisson alcoolisée. Toi, tu voulais seulement savoir comment les musées arrivaient à dater et à authentifier des documents... du XVIIIe ou du XIXe siècle ? J'ai pensé que tu étais tombée sur la tête. Parce que tu es, et je ne dis pas ça méchamment, nulle en science.

Sophie poussa Grégoire du coude.

– Donne-lui la chance de s'expliquer !

– Pardonne-moi, Élise, s'excusa Grégoire, je suis tout ouïe.

– J'ai besoin de votre aide pour mettre mon plan à exécution.

– Quel plan ?

– Ma famille, ou plutôt, mon père est en possession d'un document historique de grande valeur et je dois tout faire pour l'aider à en prouver l'authenticité. J'espère que vous allez accepter mon invitation.

– Une invitation ? interrogea à nouveau Grégoire, perplexe. Pour un party ?

Le serveur posa sur la table les cafés, desserts et chocolats chauds.

– Non, pas ce genre d'invitation. Que diriez-vous de m'accompagner en Europe, pendant les vacances de Pâques ? Julien et mon père nous serviraient de chaperons.

– T'es pas sérieuse, Élise ! dit Sophie.

– Oui, très sérieuse. Ce n'est pas une blague. Vous aurez besoin de deux choses : votre passeport et une permission signée par vos parents ; sinon, les douaniers croiraient qu'on nous kidnappe.

Les trois adolescents s'esclaffèrent.

– Je laisse à Julien le soin de vous donner tous les détails...

Élise prit une gorgée de chocolat chaud. Le souvenir de la rencontre maintenant gravée dans sa mémoire vint alors inonder ses sens. Cette apparition matinale, insolite et déroutante avait tout fait basculer. Jusque-là, son existence avait été prévisible et parfaitement rangée, pour une adolescente de son âge vivant seule avec sa mère. Depuis, son quotidien était sens dessus dessous. Cette vision abracadabrante avait mis en branle l'engrenage dans lequel, par inadvertance, elle avait plongé le doigt et collé son nez...

CHAPITRE 1

Zone interdite

Ce samedi matin, Élise aurait juré avoir bien éteint son ordinateur, lorsque, encore à moitié endormie, elle était descendue à la cuisine manger son bol de céréales. Elle se tâta les oreilles pour s'assurer qu'elle ne portait pas ses écouteurs-boutons, mais se rappela avoir laissé son iPhone dans sa chambre.

« C'est étrange, pensa-t-elle. Les notes que j'entends se bousculent, comme jouées par un musicien impatient devant un morceau connu, mais qu'il n'aurait pas exécuté depuis bien longtemps. » Écouter la même trame de cet album était devenu son rituel matinal, ou plutôt, son obsession. Chaque fois, Élise essayait d'en saisir toutes les nuances et les difficultés, puisqu'elle avait choisi d'interpréter cette œuvre à son prochain grand récital de fin d'année.

À pas feutrés, elle grimpa l'escalier du rez-de-chaussée vers sa chambre. Elle espérait que les vieilles planches de la sixième marche et de la dernière éviteraient de se plaindre. Ce fut peine perdue. Son cœur se mit à battre la chamade au premier grincement du bois. Elle entra en trombe dans sa chambre, pensant surprendre un intrus. Personne ne s'y trouvait, rien n'avait été déplacé. Demeurée comme elle l'avait laissée, sa chambre ressemblait à celle de toute adolescente de treize ans : une zone dévastée par un cyclone.

Sa mémoire d'éléphant, comme le disait si souvent sa mère, ne l'avait pas trahie. Elle avait tout éteint, elle en avait la confirmation. Comme elle savait aussi d'instinct où se trouvaient chaque morceau de papier, chaque livre, chaque petit pot de maquillage, chaque camisole, son jean troué, sa jupe préférée et le grand chandail de laine gris de son père. Mais, pour ses chaussettes et ses chaussures, c'était une autre histoire. Élise était convaincue que des lutins se faufilaient dans sa chambre, la nuit, pour semer la pagaille.

Chaque matin, se répétait le même manège. Elle n'arrivait jamais à trouver deux souliers d'une même paire et même ses bas refusaient de coopérer, toujours désassortis au fond de leur tiroir. Avant son départ pour l'école, c'était la crise. Un jour, résignée, elle enfila la première chose qui lui tomba sous la main. Depuis, elle portait tantôt une ballerine rouge avec une autre violette, une espadrille vert pomme avec une noire ou un bas fleuri avec un deuxième, zébré. Ses camarades de classe avaient fini par accepter ces accoutrements bizarres, en les attribuant à son tempérament d'artiste et de musicienne.

— Mais, d'où vient cette musique ?

Le son de sa voix la fit sursauter. En sortant de sa chambre, elle s'aperçut qu'au bout du couloir, la porte menant au grenier était entrebâillée. La même douce mélodie filtrait par l'embrasure, comme des rayons translucides à travers des volets, au soleil couchant.

Pourtant, depuis des années déjà, le grenier était « ZONE INTERDITE ! ». Après la séparation de ses parents, sa mère lui avait formellement défendu de monter dans cette pièce de la maison. Elle ne lui avait jamais donné d'explications. Elle avait simplement annoncé que l'accès à ce lieu était révoqué jusqu'à nouvel ordre. Élise avait répliqué :

– *Ya, mein Commandant!*

Pensant être drôle, elle avait mimé le salut démesuré des soldats de comédie et claqué des talons comme les personnages burlesques. Elle avait voulu imiter les gestes et les paroles de son père. Il lui faisait ce salut en exagérant son accent, lorsqu'elle lui demandait un câlin, ou lorsqu'elle lui réclamait du pain doré pour le petit déjeuner du dimanche. Pour son effronterie et ses gesticulations, Élise avait écopé de deux punitions. Sa mère lui avait interdit tout jeu d'ordinateur pendant deux jours et retiré le droit de veiller plus tard que d'habitude le samedi suivant.

Au bout du couloir, elle hésita un moment avant de pousser la porte. Elle monta l'escalier, voulant rebrousser chemin à chaque pas. Rendue au sommet, elle dut prendre un moment pour que ses yeux s'ajustent à la pénombre.

Élise distingua bientôt le grenier aménagé sous les combles, avec ses versants à deux pentes. Elle entrevit le toit percé de lucarnes, dont la lumière était obstruée par de vieux meubles poussiéreux sur lesquels s'empilaient des boîtes en carton, des paniers défoncés et tout un bric-à-brac. Seul l'œil-de-bœuf des murs opposés laissait filtrer un halo diffus. Tout au fond de cette longue pièce étroite transformée en un énorme bazar, Élise vit une tête couronnée d'une masse de cheveux poivre et sel, penchée sur le piano à moitié caché par une housse matelassée grise, que les déménageurs avaient sans doute oubliée par mégarde.

— Mais, c'est le piano de papa !

Elle se figea sur place, les poings sur les hanches. À la fois captivée et pétrifiée par ce qu'elle croyait être un mirage, un ectoplasme, un revenant, elle voulut faire la brave et toisa l'homme assis devant le clavier. Sa gorge se serra. Elle pouvait à peine respirer, mais parvint à dire :

— Qui êtes-vous ?

L'homme releva lentement la tête et la fixa de ses yeux tendres, perçants et lumineux, dont aucun peintre n'aurait su rendre l'expression. Des yeux d'une force prodigieuse, aux nuances infinies, saisissants. Parce qu'ils flambaient d'un éclat sauvage dans cette figure sombre et tragique, elle les voyait troubles comme un ciel orageux. En fait, ils étaient bleu gris.

Bouleversée, tant par ce regard que par la présence de l'homme et du piano de son père, qu'elle croyait disparu, Élise dut se cramponner au cadre de porte pour ne pas s'écrouler et fondre en larmes. Bientôt, son désarroi fit place à la colère mélangée à la peur.

— Comment êtes-vous entré ici ?

Prise de panique, elle voulait s'enfuir. Elle reconnaissait le personnage, mais pouvait-elle jurer que c'était vraiment lui ?

– Comment êtes-vous entré ici ? insista-t-elle.

– Par cette fenêtre.

– Impossible !

Tentée de lui dire « Un homme de votre taille n'y arriverait jamais », Élise resta sans voix quelques secondes, prise dans un étrange dialogue muet. Ni le visiteur ni l'adolescente ne voulurent baisser les yeux. Tous deux se dévisagèrent, immobiles.

Se sentant toujours peu rassurée, Élise s'imagina dévalant les escaliers quatre à quatre, l'homme à ses trousses. Elle connaissait la maison mieux que lui et savait où se trouvait l'issue la plus proche. Elle se disait qu'une fois dehors, il n'arriverait jamais à la rattraper puisqu'elle avait remporté toutes les médailles d'or aux épreuves de courses, lors des compétitions d'athlétisme de son école.

« Ce n'est qu'un rêve, ce n'est qu'un rêve, je vais bientôt me réveiller », se répétait-elle, pour se convaincre.

– Élise, tu ne rêves pas et tu n'as aucune raison de fuir, dit enfin le revenant.

– Alors, qui êtes-vous et comment êtes-vous entré ici ?

– Tu as déjà toutes les réponses à ces questions. Je ne suis pas entré par une porte, comme tu le ferais, ni par une fenêtre. Je me trouve ici parce que je suis investi d'une mission.

Élise recouvra peu à peu son calme. Se faufilant entre les boîtes et les malles pour toucher au piano et examiner l'intrus de plus près, elle s'aperçut qu'il n'était que contrastes. Pour un homme petit et trapu, il possédait une charpente athlétique. Une fossette profonde, du côté droit du menton, donnait à son visage une étrange dissymétrie ; sa mâchoire virile arborait une large bouche délicate, au doux sourire. Son nez court et carré, large comme le mufle d'un fauve, renforçait l'impression presque animale qu'il donnait. Même ses mains dégageaient de la force, avec leurs doigts courts, aux extrémités aplaties. Il interprétait sa musique avec une puissance extraordinaire, que supportaient mal les pianos de son époque, mais qui produisait toujours un effet enchanteur sur son auditoire.

Élise savait que son revenant prenait la vie et son art très au sérieux. Pourtant, il aimait les plaisanteries et les farces grivoises. Il lui arrivait souvent de rire comme un enfant à la moindre chose amusante. Pendant leur brève conversation, elle l'avait trouvé aimable. *Il faisait l'impression d'un homme à plusieurs têtes, plusieurs cœurs et plusieurs âmes*, avait dit de lui Haydn, bien à propos.

— Bien sûr que je vous connais. Vous êtes Ludwig van Beethoven, né à Bonn le 17 décembre 1770, et mort depuis presque deux siècles.

« Ce n'est pas possible, pensait-elle. Personne ne me croira si je raconte cette histoire. Même Julien va penser que j'ai perdu les pédales. »

— Ton professeur de musique, à qui tu fais confiance, sera le seul à te croire.

— Et en plus, vous lisez dans mes pensées ? C'est trop fort !

— Élise, que sais-tu d'autre à mon sujet ?

— Je connais toute l'histoire de votre vie. Mon père me l'a racontée lorsque j'étais petite. Il aimait particulièrement votre musique. Un jour, il m'a expliqué que vous ne pouviez plus entendre vos compositions et que votre surdité devint l'une des clés de votre personnalité. Elle a commencé à vous accabler à l'âge de vingt-six ans, pour devenir complète et irrémédiable à quarante-neuf ans.

– La vie est parfois cruelle et injuste, dit-il en fixant Élise de son regard profond. Que sais-tu encore ?

– Un jour vous avez écrit : « Cette infirmité m'a presque conduit au désespoir. Un peu plus et j'en aurais terminé avec la vie ; ce fut mon art qui me retint de le faire. »

– Ah ! Il me semblait impossible de quitter ce monde avant d'avoir exprimé tout ce que je sentais m'habiter…

Beethoven baissa la tête pour dissimuler la tristesse qui venait de rendre son regard mélancolique. Il toucha à quelques notes sur le clavier, puis demanda :

– Qu'est-ce qu'on t'a raconté d'autre ?

– Je sais aussi que vous avez aimé une femme qui portait le même nom que moi, qu'une de vos compositions porte son nom et que la vie vous a séparés et que…

– Alors, tu vois, nous avons beaucoup en commun, l'interrompit-il en relevant les yeux vers elle.

– Que voulez-vous dire ?

– Je suis venu t'aider à trouver réponse à toutes tes interrogations, y compris les questions que tu te poses au sujet de ce piano. Ton père l'a laissé ici pour toi… Je ne peux en dire plus pour le moment. Tu comprendras tout en temps et lieu. Je te demande seulement de me faire confiance.

Élise acquiesça. Elle avait compris. Elle aussi avait perdu un être trop aimé, son père.

<h1 style="text-align:center">CHAPITRE 2</h1>

Orages

À genoux sur le canapé devant la fenêtre du salon, Élise contemplait les couleurs des rigoles laissées par la pluie d'octobre, qui lézardaient les carreaux de la fenêtre.

Elle aurait préféré faire ses gammes sur le piano allemand qui se trouvait maintenant au grenier. Son père l'avait rapporté au retour de ses études en Europe. Il s'agissait d'un merveilleux piano compact, un demi-queue Bechstein laqué noir, un instrument de taille intermédiaire, puissant et lyrique. Sur ce piano robuste et légendaire, son père lui avait appris ses premières gammes. Élise y avait même fait ses premières tentatives de composition. Elle avait griffonné des notes sur une portée en appuyant si fort sur la mine de son crayon, qu'elle avait gravé à tout jamais sa création dans la laque noire du pupitre. Cet instrument l'avait marquée elle, comme elle avait laissé sa trace sur lui, littéralement. Elle voulait remonter au grenier en catimini pour s'assurer qu'elle n'avait pas rêvé, que le Bechstein n'était pas un mirage et que le Maître l'attendait patiemment pour l'aider à jouer ses études pour piano. Elle préféra attendre, craignant que sa mère la surprenne dans ce lieu interdit en rentrant de ses courses, d'un moment à l'autre. La dernière fois, elle l'avait échappé belle.

Élise écoutait le murmure de la pluie contre la vitre. Elle ferma les yeux quelques secondes, lorsqu'un souvenir lui revint en mémoire. Son père avait voulu aménager un studio de travail et d'enregistrement dans le grenier poussiéreux, aux poutres exposées. Ses parents avaient souvent discuté de ce plan devant elle, à la table de cuisine, en sirotant leur premier café de la journée. Ils avaient déjà pris toutes les mesures des passages. Leur maison centenaire abritait des cages d'escaliers assez larges et sans virages. Il fallait simplement dégonder quelques portes, puis trouver l'argent pour payer les déménageurs… et le tour serait joué.

Cependant, démonter un piano de cette qualité n'était pas une mince affaire : d'abord, il fallait enlever les pieds et la lyre, fixer les deux couvercles et, avec l'aide d'hommes expérimentés, faire cheminer l'instrument sur des chariots au rez-de-chaussée ; ensuite, à l'aide de sangles, de muscles et d'une bonne dose de volonté, transporter d'un étage à l'autre les trois cents et quelques kilos de bois, de cordes et d'ivoire de manière à en répartir le poids. Les déménageurs ne disposeraient que d'une fraction de seconde pour réagir, si par malheur le colosse se trouvait en déséquilibre. L'ampleur de la tâche et la difficulté de trouver des gens compétents avaient découragé le couple. Ce piano de concert séduisant et dynamique avait donc continué d'occuper presque la moitié de la pièce où Élise se trouvait aujourd'hui. Il avait mystérieusement disparu après coup, mais depuis la visite de son revenant, sa cachette n'était plus un secret. À l'époque, elle avait harcelé sa mère pendant des semaines, pour découvrir pourquoi et comment le Bechstein s'était volatilisé. Sarah refusa toujours obstinément de lui donner une explication plausible, comme elle avait, sans raison, interdit à sa fille de monter au grenier.

Depuis, les samedis demeuraient pour Élise la pire journée de la semaine. Elle tentait par tous les moyens d'éviter ses exercices au piano d'étude droit, pendant que sa mère allait au supermarché. Elle essayait de s'en sauver, non parce qu'elle détestait ses exercices. Elle détestait plutôt l'instrument récalcitrant et rétif, que Sarah avait trouvé dans les petites annonces. Ce piano d'occasion, en plus d'être quelque peu dégradé, petit de taille et pauvre en sonorité, n'émettait que des basses sans portée ni volume et produisait des bas médiums perçants et désagréables, le plus souvent criards. Élise méprisait ce vieux piano droit et sans âme qui avait sûrement connu des jours meilleurs.

À plusieurs reprises, elle prit place, devant son clavier. Ses mains devinrent moites et gélatineuses ; un cortège de papillons faisait tanguer son petit déjeuner. Elle éprouvait la même angoisse irraisonnée qui l'accablait lorsqu'elle s'imaginait sur la scène, devant un panel de juges prêts à la descendre en flammes. Plus son envie de travailler s'estompait, plus elle entendait les bribes du sermon auquel elle aurait droit, lorsque sa mère rentrerait. « Sermon, pensait-elle, disons plutôt reproches interminables. » C'était toujours le même scénario, avant un grand récital. Élise pouvait répéter presque par cœur le texte intégral de leur dispute :

— Élise, tu as pratiqué tes gammes comme tu me l'avais promis ?

— Non, maman, je ne me sentais pas bien.

— Tu avais toute une matinée sans interruption, trois heures à ta disposition, sans personne pour te déranger. C'est ce vieux piano n'est-ce pas ? Tu crois qu'il n'est pas assez bon pour toi.

— Je préfère celui de Julien, mais un quart de queue, tu sais… un piano crapaud, ferait mieux l'affaire que ce crapaud de piano.

— Tu voudrais sans doute, en plus, un studio privé où je ne viendrais plus te déranger ?

— Un studio privé me permettrait de travailler autant que je le voudrais.

— Et où crois-tu que je trouverais l'argent pour satisfaire tes caprices ? Si tu veux ton coin de ciel bleu, tu dois le payer.

— Je…

— Je me saigne aux quatre veines pour que tu puisses avoir le meilleur professeur de piano. Et ce matin, qu'as-tu fait ?

— Pas grand-chose.

— Pourquoi vouloir aller travailler ailleurs ? Tu as tout ce qu'il te faut ici. Veux-tu que je téléphone à Julien pour lui dire que tu n'iras plus prendre de leçons ? Est-ce que tu veux que je vende le piano pour qu'on en finisse ? J'en ai assez de toujours me buter à ton obstination !

— Non, maman, je t'en prie !

— Élise, ce penchant que tu possèdes pour la musique est une bénédiction, n'en fais pas chou blanc, comme ton père l'a fait.

— Mon père n'a pas échoué ! C'est toi…

Élise imagina le déroulement du même fil, les larmes, le fracas et le tonnerre des portes claquant en rafale ; ensuite le silence, glacial, sempiternel, le calme plat une fois la tempête passée. Elle revit la scène des douzaines de fois répétées. Pour se consoler, elle enfila ses écouteurs. Les quelques notes d'une douce musique, qu'elle connaissait trop bien, la sortirent de sa rêverie. Elle écouta, comme tous les matins depuis des semaines en s'habillant, cette composition qu'elle aimait particulièrement. Celle qui portait son nom : *Für Elise*.

CHAPITRE 3

Refuge

Élise était la fille unique de parents divorcés. Elle vivait depuis plusieurs années dans des conditions modestes, avec sa mère. Son père était parti un jour pour aller s'établir ailleurs. Personne n'avait expliqué à la fillette la raison de ce départ soudain, qui l'avait sidérée. En plus du talent de pianiste de son père, manifeste depuis fort longtemps chez cette adolescente de treize ans, elle hérita aussi du fardeau de la brouille familiale, qui pesait sur ses épaules comme une enclume de culpabilité. Bien que menue et délicate, Élise était en plus une mordue d'athlétisme. En compétition, elle pouvait faire passer sa rage en courant parfois jusqu'à l'épuisement, pour oublier le sentiment de blâme qui l'affligeait.

Elle avait vécu le départ de son père comme une mort. À sept ans, Élise avait perdu le goût de vivre. Sa mère croyait reprendre son train de vie, comme si de rien n'était. Déroutée par cette hypocrisie, la fillette voulut trouver un abri où cacher son chagrin sans être dérangée par tous ces problèmes d'adultes. Elle chercha un lieu où elle pourrait fuir la brisure dont elle croyait être la cause.

Le grenier avait toujours été son refuge. L'endroit avait abrité son monde imaginaire et s'était révélé une oasis remplie de récits fabuleux et de moments heureux. Il représentait les dimanches où elle retrouvait son père et l'écoutait raconter des histoires étonnantes de la vie du grand compositeur, Ludwig van Beethoven. Lorsque son cafard avait risqué de l'engloutir, Élise s'y était réfugiée, refusant d'aller à l'école et de manger. Elle s'était fait un nid dans le coin le plus sombre de la pièce, à l'aide de vieux vêtements oubliés et de draps pour le camping rangés là en attendant le retour des beaux jours. Elle y était au chaud et s'était endormie.

Aux premières heures de la disparition d'Élise, sa mère, affolée, avait alerté les policiers, ce qui avait déclenché le déploiement d'un vaste réseau d'intervenants. Tout le quartier était en état d'alerte. Même son père, qui avait pris temporairement un petit appartement dans le centre-ville, était revenu pour prêter main-forte. Un bulletin spécial avait été diffusé sur toutes les grandes chaînes de télévision de la province. On y voyait la photo d'Élise avec une fiche descriptive indiquant son âge, sa taille, son poids, la couleur de ses cheveux et de ses yeux et les vêtements qu'elle portait au moment de sa disparition. On y montrait ses parents, affichant leur désarroi devant les caméras. Certains crurent à une fugue, d'autres craignirent qu'elle ait été victime d'un enlèvement. Il n'y avait aucun témoin et aucune trace de l'enfant portée disparue.

La nuit venue, dans son refuge sous les combles, Élise se sentit à la fois ondoyante et submergée dans le bleu limpide des lueurs produites par le tournoiement des gyrophares des quatre voitures de police stationnées devant sa maison. Par l'œil-de-bœuf, la mansarde inondée était couleur aquarium. Élise s'imaginait méduse ou sirène. À son réveil, elle avait entendu des éclats de voix dans la cuisine. Ses parents se disputaient, mais cette fois, elle était la raison de leur querelle. Élise sortit de sa cachette et entra dans la cuisine en disant simplement :

– J'ai faim !

CHAPITRE 4

Jours meilleurs

« Pourtant, avant cette rupture, il y avait eu des moments heureux », aurait voulu dire Élise à son revenant. Comme ce dimanche, où toute petite, elle avait suivi son père au grenier, le trouvant assis confortablement dans un vieux fauteuil de velours aubergine. À ses pieds s'étalaient des enveloppes, d'où il avait extrait la lettre de plusieurs pages qu'il feuilletait.

– Que fais-tu papa ?

– Je lis.

– C'est quoi, ça ?

– Ce sont des lettres d'amour.

– Des lettres d'amour ?

– Oui, des lettres que maman et moi on s'écrivait avant que tu viennes au monde. Je les ai retrouvées avec mes cahiers de notes, en fouillant dans cette ancienne malle de voyage.

– Tu veux m'en lire une ?

– Oui, viens t'asseoir près de moi.

Élise avait grimpé sur ses genoux. Il lui avait fait une place dans l'énorme fauteuil. Blottie entre le coussin moelleux et le creux de son épaule, elle se sentait calme, la joue posée contre le tissu rugueux de la chemise de son père.

– Tu veux que je te lise une lettre que j'ai écrite à maman ou une lettre qu'elle m'a envoyée ?

– Une que maman t'a écrite.

Laissant tomber au sol les pages de la lettre qu'il tenait, il en avait tiré une autre de l'enveloppe posée dans le gros bouquin ouvert sur la petite table devant lui. Il s'était mis à lire.

Mon doux Simon,

Ton absence m'est une souffrance intolérable, une maladie fugitive dont je guérirai dès ton retour. Comme c'est difficile de te savoir si loin. Avec chaque jour qui passe, je me console de savoir que tu vas bientôt rentrer au pays. En attendant, je trouve matin et soir une occasion d'avoir une douce pensée pour toi.

À ton retour, notre vie ensemble sera remplie de lumière, de la musique que tu aimes tant et de fleurs aux mille couleurs, qui embelliront nos retrouvailles.

Cette lettre et ce colis te parviendront-ils à temps pour ton anniversaire ? J'aurais voulu t'offrir une flûte en argent solide, un piano-forte Broadwood ou une maison de pierres au bord du fleuve, mais je ne peux me permettre que ce vieux bouquin déniché dans la boutique de l'antiquaire, que nous visitions souvent. C'est un recueil de poèmes. Le marchand m'assure que c'est l'œuvre d'un obscur poète allemand que tu connaîtrais sans doute.

Dans une pochette dissimulée à même le contre-plat de ce livre, j'ai découvert quelques pages de parchemins jaunies. Elles ressemblent à des parties d'une composition tatouée de notes de musique qui

Élise avait ricané, comme si son père lui chatouillait les orteils.

— Tu trouves ça drôle ?

— Non, mais c'est gênant.

— Ce sont des mots d'amour, ma chouette.

— Toi et maman, vous vous aimez encore ? avait-elle demandé, à la surprise de son père.

— Mais oui, Élise, maman et moi, on s'aime encore beaucoup. Pourquoi t'inquiètes-tu pour nous ?

— Parce que, des fois, je vous entends vous disputer.

— Ça ne veut pas dire qu'on ne s'aime plus.

— Alors, pourquoi vous chicanez-vous ?

— C'est compliqué, Élise. Nos histoires d'adultes vont s'arranger avec le temps, ne t'en fais pas.

Simon avait remis la lettre dans son enveloppe et l'avait glissée dans le vieux bouquin. C'était un livre particulièrement rare, datant du début du XIXe siècle. Ce joyau à tranche dorée, à couverture de cuir grenat, aux pages fines comme une soie diaphane, renfermait des poèmes merveilleux. Les pages de musique dissimulées dans sa couverture allaient causer bien des soucis, des tracas et des tourments aux jeunes époux et à leur fillette.

Du fond de son fauteuil, Élise ne voulait savourer que le moment présent. Pour retenir son père encore quelques minutes, elle l'avait prié de lui raconter de nouveau l'origine de son nom.

— Papa, raconte-moi une histoire de ton compositeur préféré, ce Luc… Betof… quelque chose, avec la dame qui avait le même nom que moi…

— Tu veux dire Ludwig van Beethoven ?

— Oui, papa ! Celui-là !

Simon avait toussé, pour prendre sa voix de conteur, grave et solennelle.

— Ce grand musicien célèbre aimait une belle jeune femme qui s'appelait Élise, comme toi. En fait, nous trouvions ce nom si délicat et romanesque, que nous te l'avons donné.

— C'est quoi romanesque ?

— Ça signifie digne d'une grande aventure sentimentale et romantique, comme dans les romans anciens ou un peu comme la vie de Beethoven.

— C'est qui Beethoven ? avait-elle demandé, pour le taquiner.

— Tu sais bien, ce légendaire compositeur et pianiste, mort depuis très longtemps. Écoute, je vais te raconter son histoire à partir du début.

Pelotonnée au creux des bras de son père, Élise avait tendu l'oreille, pour ne rien manquer et surtout, pour ne rien oublier. Son père avait amorcé ainsi le premier des épisodes qui allaient devenir leur évasion du dimanche, pendant que Sarah faisait la grasse matinée.

— Ludwig van Beethoven est né à Bonn en décembre 1770. Originaires de Flandre, ses parents s'étaient installés dans cette ville allemande avec

   Élise et Beethoven

leur jeune famille, parce que le père de Ludwig s'y était trouvé un poste prestigieux. Il était chanteur à la Cour royale. La famille Beethoven comptait sept enfants, dont seulement trois garçons ont survécu. Ludwig était l'aîné. Il n'avait que trois ou quatre ans lorsqu'il a commencé à montrer de l'intérêt pour la musique. Son père, Johann, qui reconnaissait son talent, voyait en lui un enfant prodige. Il cherchait à faire du jeune Ludwig un nouveau petit Mozart.

— C'est quoi, un petit Mozart?

— Mozart était un grand musicien de la même époque. Il jouait déjà du piano à l'âge de trois ans et a composé de la musique, tout petit. Il a donné son premier concert à cinq ans.

— Il avait vraiment beaucoup de talent.

— Oui, mais pour le jeune Beethoven, les choses se sont passées autrement. Son père l'instruisait jour et nuit. Il allait jusqu'à l'enfermer pendant des heures, dans une chambre où il devait s'exercer au clavecin et au violon. Johann était un homme cruel et lorsqu'il rentrait à la maison après les répétitions ou après avoir trop bu, il battait le petit Ludwig ou le sortait de son lit en pleine nuit, pour lui faire reprendre ses leçons.

— Quel homme méchant! s'exclama Élise.

— Oui, une brute. On dit que Ludwig serait peut-être devenu sourd à cause d'une blessure infligée par ce père furibond.

— Et il ne s'est pas découragé d'apprendre la musique?

— Au contraire! Écoute bien. Même si son apprentissage de la musique a mal commencé, Ludwig n'a pas renoncé à sa destinée. Son premier récital public s'est fait à Cologne, le 26 mars 1778, lorsqu'il n'avait que sept ans et demi. Il n'a pas fait grande impression, même si son père avait raconté à tout le monde que son fils n'avait que quatre ans.

— Pour faire croire à tout le monde qu'il était comme Mozart ?

— Oui, exactement, Élise. Pour cette raison, Beethoven se croira toujours plus jeune qu'il ne l'était en réalité. Même bien plus tard, lorsqu'il recevra une copie de son baptistaire, il croira voir celui de son frère aîné, Ludwig Maria, né deux ans avant lui. Ce pauvre petit n'a d'ailleurs vécu que quelques jours.

— Une chance que Ludwig n'a pas répondu à la cruauté de son père en haïssant la musique, hein papa ?

— Sa musique et sa mère, la douce Maria, ont toujours été ses deux planches de salut. Beethoven disait de sa mère qu'elle était, comme sa musique, « sa meilleure amie ». Il la décrivait comme une femme aimable, effacée et attentionnée.

— Toi papa, est-ce que tu penses que la musique est une amie ?

— Oui, mais une amie qui peut avoir parfois de bien grands caprices.

— Qu'est-ce que tu veux dire ?

— Que la musique nous demande parfois de bien grands sacrifices. On continue notre histoire de Beethoven ?

— Oui ! Oui ! Continue, j'écoute.

— Quand Beethoven atteignit l'âge de neuf ans, son père n'eut plus rien à lui enseigner. Heureusement, en 1779, la chance lui sourit enfin. Le compositeur Christian Neffe venait de s'installer à Bonn, où il occupait la charge d'organiste. Il fut le premier vrai professeur de Ludwig, qui apprit de lui, notamment, l'orgue et la composition. À douze ans, Beethoven a publié sa première œuvre.

– Il est devenu une vedette ?

– Oui, une vedette de son époque, puisque l'année suivante, Neefe a écrit dans le *Magazine de la musique*, au sujet de son élève : « S'il continue ainsi, il sera sans aucun doute un nouveau Mozart. »

– Il était chanceux d'avoir un bon professeur.

– Oui, ma chouette et, en 1784, à la recommandation de Neefe, Ludwig fut nommé organiste à la cour de Maximilian Franz, prince de Cologne. S'il est né en 1770, quel âge avait-il en 1784 ?

Élise compta sur ses doigts :

– Euh !... 70... 71... 72... 74. Il avait quatorze ans !

– Tu as raison, bel oignon ! Il avait quatorze ans.

Élise eut un sourire en coin.

– Cette place lui a permis de fréquenter un autre milieu que celui de sa famille et des amis de son père. Au cours de cette période, il a rencontré des amis qui le suivirent plus tard à Vienne et qu'il garda toute sa vie.

– C'est quoi, Vienne ?

– Une ville magnifique en Autriche, un autre pays d'Europe, où Beethoven a vécu jusqu'à la fin de sa vie. Un jour, je t'y emmènerai. Mais ça, c'est pour plus tard. Pour le moment veux-tu entendre la suite ?

– Oui, j'aime beaucoup Ludwig et je veux que tu me racontes toute son histoire.

– D'accord. Où en étais-je ? Le jeune Ludwig commence à trouver sa ville trop petite ; alors, il décide d'aller vivre à Vienne, où il espère rencontrer Mozart et étudier avec lui.

— Est-ce que son vœu s'est réalisé ?

— On croit que Beethoven aurait croisé le grand compositeur en avril 1787, mais on sait peu de choses sur cette rencontre. Beethoven, dit-on, aurait joué du piano devant Mozart, mais ce dernier, le plus grand virtuose de son époque, n'a pas joué devant Ludwig. Pour le jeune homme de 16 ans, ce fut une grande déception. En plus, son séjour dans la capitale autrichienne fut vite interrompu par la maladie de sa mère. Elle mourut quelques jours après le retour de son fils.

— Il a dû avoir beaucoup de peine.

— Ludwig fut assommé de chagrin. De son côté, son père se laissa sombrer dans l'alcool, ce qui força Ludwig à assurer la subsistance de sa famille. Peu à peu, il remplaça son père à la maison. Financièrement tout d'abord, car Johann, souvent en état d'ivresse, négligeait ses fonctions à la Cour et perdit son emploi ; il n'était plus capable d'agir comme père de famille. Le jeune Ludwig devint le soutien principal et éleva ses deux frères. Il a assumé cette charge toute sa vie.

— Mais, s'il devait prendre soin de sa famille, il n'a pas pu retourner à Vienne ?

— Tu as raison, mais le destin fait bien les choses. Trois ans plus tard, la ville de Bonn a reçu la visite du grand compositeur Joseph Haydn, en route pour une tournée à Londres. Un ami lui aurait alors montré une composition du jeune Beethoven ; Haydn fut tellement impressionné, qu'il aurait accepté immédiatement de prendre Ludwig comme élève. Cette occasion unique permit donc à Beethoven de se rendre de nouveau à Vienne, pour y reprendre ses leçons.

— Qui a pris soin de ses deux frères ?

    Élise et Beethoven

– Ludwig ne les a pas abandonnés, ils sont venus le rejoindre à Vienne en 1792, après la mort de leur père. Ludwig trouva pour Karl un poste de caissier à la Banque d'Autriche et pour Johann, il acheta une pharmacie.

– Est-ce qu'il va aussi travailler avec Mozart ?

– Non, les espoirs de Beethoven d'étudier auprès de lui ont été anéantis par la mort de Mozart, le 5 décembre 1791, mais la chance que lui offrit Haydn semble une compensation de la Providence.

– Tiens ! J'entends maman qui se lève. Allons déjeuner, avant qu'elle ne s'inquiète de notre absence.

– Est-ce que tu vas nous faire du pain doré, papa chéri ?

– *Ya, mein Commandant !* fit Simon, levé du fauteuil d'un bond en faisant une pirouette et un salut démesuré, comme les soldats de comédie, puis en claquant des talons à la manière des personnages burlesques.

Élise éclata de rire et se laissa emporter sur l'épaule de son père jusqu'à la cuisine.

CHAPITRE 5

Les leçons du Maître

En montant au grenier, le jour où elle avait entendu des notes de musique s'en échapper, Élise avait découvert le pot aux roses.

— C'était donc pour ça que l'accès au grenier m'était interdit, dit-elle en se dirigeant vers le coffre de cèdre, ignorant Ludwig assis au piano.

— Si c'est le livre que tu cherches, autant te dire tout de suite qu'il n'est plus dans ce coffre, avertit le spectre.

Élise se retourna brusquement vers Ludwig. Elle était en colère. Non pas contre l'intrus qui s'était approprié le piano de son père, mais bien contre sa mère qui gardait farouchement des secrets impénétrables.

— Qu'est-ce qu'elle me cache d'autre ?

— Je ne sais pas, il faudra le lui demander.

— Vous arrivez à lire dans mes pensées, pourquoi pas dans les siennes ?

— Parce que je ne suis pas ici pour elle, mais pour toi.

— Pourquoi moi ! Qu'est-ce qui me vaut cet honneur ? Je n'ai rien demandé à personne. Tout ce que je veux, c'est ma musique, une vie tranquille, des amis et des parents qui s'aimeraient comme avant toute cette histoire de parchemin précieux, avant toutes ces querelles, avant tous ces secrets et ces mensonges !

La voix d'Élise se brisa et les larmes perlèrent au bout de ses longs cils noirs. Elle les essuya du revers de la main, ne voulant pas montrer au grand homme combien sa douleur était profonde, même si elle se doutait bien qu'il le savait. Elle reprit son calme petit à petit.

— Vous savez ce qui s'est passé ?

— Oui, mais il te faudra patienter. Nous avons beaucoup à faire avant que tu l'apprennes. Je te propose de venir t'installer au piano. Tu sais que lorsque ta mère rentrera vers midi, après ses courses, elle va te questionner et elle va vouloir t'entendre jouer. Si tu n'as rien fait, tu sais qu'il y aura bisbille et zizanie.

— Êtes-vous au courant de tout ce qui se passe sous notre toit ?

— Non, je ne vois pas tout, mais j'entends vos voix, surtout si elles montent d'une huitaine. Je suis ici pour te guider et te servir de maître.

Élise voulait tout comprendre. Pour le moment, elle se demandait si Beethoven serait aussi intraitable envers elle qu'envers son neveu, qui avait été son élève lui aussi. Lors de leurs dimanches au grenier, le père d'Élise lui avait raconté l'histoire de ce pauvre garçon.

— Allons, il est temps de se mettre à l'ouvrage, dit le Maître.

Tirée de sa rêverie, Élise se glissa sur le banc du piano et effleura les touches d'ivoire. Elle se sentit devenir rouge comme un homard ébouillanté. Elle était à la fois troublée du fait que sa mère lui ait menti au sujet du piano, et gênée de devoir jouer cette œuvre magnifique pour son compositeur.

Debout derrière elle, d'une voix autoritaire mais tendre, le Maître l'encouragea et la guida à travers chaque difficulté de la partition. Concentrée pour ne pas faire d'erreurs, Élise en oublia le temps et l'espace. Elle se mit à voir distinctement chaque note ainsi que chaque scène qui avaient inspiré celle *Bagatelle en la mineur*. Elle se représentait les mains de Beethoven sur le clavier et ses mouvements énergiques, lorsqu'il griffonnait avec sa plume les notes sur un parchemin. Elle voyait couler les eaux limpides d'une source et les rayons de soleil percer le feuillage des arbres, dans une forêt ancestrale près d'un château. Une dernière image apparut très clairement, celle d'une jeune femme aux traits délicats et aux yeux lumineux, lisant les derniers mots d'une lettre.

Jamais une autre ne pourra posséder mon cœur, jamais – jamais... Ton amour fait de moi le plus heureux et le plus malheureux des hommes.

Élise comprenait enfin comment elle devait exécuter cette pièce.

Le bruit de la voiture que sa mère garait la fit sursauter. Affolée, elle referma le piano brusquement et se leva. En guise de remerciement maladroit, elle regarda le grand compositeur dans les yeux et lui fit un signe de la tête en ajoutant bêtement :

– Nous sommes de la même taille !

Un sourire charmant se dessina sur le visage de Beethoven, montrant toute la grâce et la chaleur dont il était capable. Élise voulut lui faire des excuses, mais le temps pressait. Elle se précipita dans l'escalier, de peur que sa mère la surprenne dans cette pièce interdite. À la quatrième marche, elle entendit un gros rire bruyant. Le rire saccadé d'un homme qui, au cours des années, avait perdu l'habitude de rire.

Élise s'empressa d'ouvrir la porte qui donnait sur le garage. Sa mère arrivait, les bras chargés de provisions. L'adolescente recula pour dégager l'entrée. Sarah lui tendit deux sacs d'épicerie, puis alla en chercher deux autres dans la voiture, entra dans la cuisine et referma machinalement la porte extérieure d'un coup de hanche. Élise déposa les sacs sur le comptoir, tandis que sa mère faisait de même et s'affairait à les vider, en rangeant tout dans les armoires et le frigo, avec une vitesse et une précision qui trahissaient son manque de patience pour cette tâche. Élise se mit à fouiller pour trouver quelque chose à grignoter.

— J'ai faim !

— Quoi, pas de bise pour ta maman chérie ? Pas de bonjour ?

— Oui, salut, et gros bisou.

Élise plissa les lèvres et fit le geste d'embrasser sa mère sur les deux joues.

— Et puis ?

— Et puis quoi ?

— Comment s'est passé ton avant-midi ?

— Pas mal.

— Tu as fait ce que je t'ai demandé ?

— Oui, veux-tu entendre ?

     Élise et Beethoven

– Va t'installer au piano et je vais préparer quelque chose pour le dîner. Fais tes exercices d'échauffement et tu joueras ton morceau avant qu'on passe à table. Nous pourrons en discuter pendant le repas.

Élise ne voulait pas faire d'exercices, mais elle savait qu'il valait mieux ne pas contrarier sa mère. Après quelques raccourcis, elle fit une pause, hésita un moment, puis leva les mains et les abaissa de nouveau pour effleurer cette première note, qui ramena toutes les images qui l'avaient envahie lorsqu'elle était assise au piano du grenier : les mains du compositeur, les notes sur le parchemin, le ruisseau, la lumière et ces mots d'amour tendre et de désespoir. Elle était ailleurs. Lorsque la dernière note résonna, elle crut entendre un sanglot étouffé.

– Et alors ?

– Tu n'as jamais aussi bien joué !

– Maman, pourquoi pleures-tu ?

– Tu n'as jamais joué cette composition avec autant de tendresse. Ça m'a rappelé les nuits où, lorsque tu étais petite et que tu refusais de t'endormir de peur de manquer quelque chose, je te berçais pendant que ton père jouait ce morceau jusqu'à ce que tu t'endormes.

– Explique-moi ce qui s'est passé, maman.

– Je ne veux pas en parler. Je ne veux pas revivre toute cette histoire. De toute façon, il nous a abandonnées.

– J'ai le droit de savoir, je ne suis plus une enfant. Est-ce à cause de ce livre ?

– Élise, n'insiste pas ! C'est dans le passé tout ça et je ne veux pas en parler !

– Pourquoi tous ces secrets ? Ce n'est pas juste.

– Élise, je t'en supplie, n'insiste pas.

– C'est toujours la même histoire !

– On en reparlera plus tard. Maintenant, viens manger quelque chose.

– Non, je n'ai plus faim. Et puis, j'ai des devoirs à finir pour demain.

Élise s'enferma dans sa chambre. Sa mère l'appela à plusieurs reprises pour qu'elle vienne manger, pour lui parler, pour lui dire bonne nuit. Élise refusa de répondre. Elle avait enfilé ses écouteurs et n'avait rien entendu, ou elle avait choisi de ne rien entendre. Elle s'était finalement endormie en écoutant une sonatine de Beethoven pour mandoline et piano-forte.

Elle rêvait que c'était dimanche et qu'elle se retrouvait assise dans le gros fauteuil de velours aubergine, avec son père. Il lui lisait des poèmes du beau livre qu'il avait reçu en cadeau. Mais ce dimanche ne serait pas comme les autres. Son père avait le cœur lourd ; il voulait lui expliquer que lui et Sarah s'aimaient encore, mais que leur vie ensemble n'était plus possible. Le courage lui manqua. Il lui raconta un nouveau récit de la vie de Beethoven.

Élise se laissa bercer par sa belle voix profonde, qu'elle aimait tant.

« Ce grand compositeur maintenant riche et célèbre, reconnu comme un virtuose du piano sans égal en Europe, se voit vieillir en solitaire depuis la mort de ses parents. En 1815, son frère Karl meurt lui aussi, laissant un fils du même prénom. Beethoven décide de devenir le tuteur de son neveu. Pour le jeune Karl autant que pour lui, cette relation sera un autre très grand malheur. Après avoir engagé de nombreuses poursuites, le musicien parvient à enlever le garçon à sa mère en l'accusant de prostitution devant les tribunaux.

« À 14 ans, le jeune Karl est finalement pris sous l'aile de son oncle, avec des conséquences dévastatrices pour tous deux. Beethoven lui interdisait de rendre visite à sa mère. Karl lui désobéissait souvent et se sauvait pour aller la retrouver. Si bien qu'à une occasion, son oncle le fit ramener de force à la maison par la police. Sporadiquement, Beethoven comblait son neveu de cadeaux et d'affection, alors qu'en d'autres moments, il le négligeait en laissant le garçon pendant des jours sans argent pour se nourrir. Sans trop d'intelligence ou de force de caractère, Karl échoua dans ses études, puis il se mit à boire et à côtoyer des gens peu recommandables.

« Pour lui, son célèbre oncle n'était qu'un vieux toqué. Après dix ans de frictions constantes, le jeune homme, désespéré, acheta deux pistolets. Avec ses armes et ses provisions de poudre, il se rendit dans les ruines du château de Rauhenstein, à Baden, une petite ville à quelques kilomètres au sud de Vienne, où il avait souvent fait des excursions avec son oncle. Les deux coups de feu ne le blessèrent que superficiellement à la tempe. Beethoven réagit avec hystérie. Après cette tentative, Karl joignit précipitamment les rangs de l'armée, au grand soulagement de chacun.

« Les disputes avec son neveu drainèrent toute l'énergie et la créativité de Beethoven pendant presque une décennie, où il composa très peu d'œuvres. En réaction, ses admirateurs du monde musical finirent par croire que le Maître avait perdu la raison ou que son génie s'était éteint, mais quelque temps plus tard, le grand compositeur tourna son isolement et ses angoisses en moyens de renaissance. »

Élise se réveilla en sursaut, l'oreiller trempé. Elle essuya ses larmes sur la manche de son chandail. Elle s'était endormie tout habillée. Son cadran indiquait qu'il faisait nuit. Elle sortit en douce de sa chambre pour se rendre au grenier. Elle grimpa les marches deux par deux pour éviter d'alerter sa mère. Son refuge contenait-il toutes les réponses au mystère qui planait sur sa famille ? Élise voulait mettre fin aux cachotteries. Elle en avait assez de toujours se buter à ce mutisme, à cette réticence.

CHAPITRE 6

Illumination

Élise trouva le Maître au piano. La vision de sa masse de cheveux hérissés de toutes parts comme les serpents de Méduse, où il semblait qu'un peigne n'eût jamais passé, la réconfortait. En voyant l'intensité de son regard bleu gris, Élise savait que le compositeur connaissait déjà la raison de sa visite.

Elle se dirigea vers la malle qui avait renfermé jadis le livre et les lettres d'amour de ses parents. À genoux, elle en souleva délicatement le couvercle poussiéreux et retint son souffle, espérant contre toute attente apercevoir la tranche d'or et la reliure de cuir souple. Elle ne trouva qu'une pile de lettres oubliées, parfaitement emprisonnées par un ruban de satin fané. Il lui semblait que toute la vie et toute la couleur des mots d'amour s'étaient évanouies, étouffées au fond du coffre après tant d'années.

Elle reprit son souffle. Ce qu'elle cherchait avait disparu. Le coffre n'offrait plus qu'un trou béant, aux parois de papier peint défraîchi. Une odeur de cèdre et de moisissure s'infiltra dans ses narines. Frustrée, elle allait refermer brusquement le couvercle, lorsqu'elle vit dépasser le coin de cahiers d'écolier, abandonnés tout au fond de la malle, sous de vieux journaux. Ils piquèrent sa curiosité.

Elle en avait utilisé de semblables dans ses classes de français et de maths. De ses mains fébriles, elle tira les carnets d'écriture de leur cachette pour en feuilleter un. L'écriture de son père, facilement identifiable, noircissait les pages de notes de musique et de commentaires dans les marges.

— Tu as trouvé ce que tu cherchais ? dit le Maître.

Élise tressaillit et se dressa d'un bond. Pour ne pas perdre l'équilibre, elle s'agrippa au couvercle du coffre, qui se referma avec fracas en soulevant un nuage de poussière. Elle toussa puis s'affola, sachant que sa mère avait sûrement entendu le vacarme.

— Ça y est, je suis faite à l'os ! Maman va me mettre au pensionnat.

Ludwig lui sourit. Elle se rua vers l'escalier pour essayer de regagner sa chambre sans se faire prendre en flagrant délit. La dernière marche se plaignit comme un chat piétiné par mégarde. Élise se retrouva nez à nez avec sa mère et n'arriva à dire rien d'autre que :

— Salut m'man !

— Au lit et ça presse !

Élise ne se fit pas prier. Au pas de course, elle regagna sa chambre, en referma doucement la porte et sortit de sa ceinture de jean deux des cahiers qu'elle avait trouvé le moyen de dissimuler à la hâte sous son chandail, au moment précis où le couvercle de la malle avait détonné comme un coup de canon.

Elle enfila son pyjama, se glissa dans son lit et prit la position du lotus, sous son édredon transformé en tente bédouine, soutenue par sa tête et ses genoux. Élise fouilla à tâtons et agrippa la lampe de poche qu'elle gardait sous son oreiller, pour les nuits où le sommeil tardait à venir. Lire ou faire ses devoirs sous les draps lui semblait une habitude plus productive que rester dans le noir et laisser trop d'images, parfois déplaisantes, l'accabler au cours de ses nuits blanches. Elle préférait dormir et rêver plutôt que rêver éveillée.

Elle ouvrit le premier livret jauni. À chacune des pages, une date précise figurait en haut à gauche, indiquant une nouvelle entrée. « Ces cahiers me donneront-ils les explications que j'espère tant avoir et que maman me refuse toujours ? » Elle se mit à lire.

Mardi 20 septembre 1996

J'ai reçu aujourd'hui la lettre et le cadeau magnifique de Sarah. Encore une année d'études à terminer, ici au Hochschule für Musik (conservatoire de musique de Cologne), et nous pourrons enfin reprendre le fil de notre vie.

Les cours ont débuté il y a déjà quelques semaines et je suis parfois dépassé par la discipline et la rigueur de cette école. Mais, ce sont des sacrifices que j'assume, pour éventuellement rentrer au pays et trouver un poste de musicologue, au conservatoire de Montréal.

Élise ajusta ses couvertures et feuilleta nerveusement quelques pages. Elle continua sa lecture.

À mesure qu'elle lisait et relisait chaque page, Élise avait peine à croire ce qu'elle y découvrait. De jour en jour, l'angoisse de son père grandissait. Il analysait chaque mesure et avait griffonné toutes sortes de symboles qui ressemblaient parfois à des notes de musique, parfois à des hiéroglyphes.

Elle commençait à comprendre ce qui s'était passé. Plus loin, il avait écrit :

Mardi 14 février 1997

Je serais naïf de croire que l'on me prendra au sérieux si je dévoile à mes professeurs l'existence de ces parchemins. Je passe des jours et des nuits à revoir et à analyser la structure de cette composition et j'arrive toujours à la même conclusion : c'est une œuvre de Ludwig van Beethoven.

Mais, par où commencer ? À qui me confier ? Surtout ici, dans la ville qui perpétue le souvenir du Maître. Ils voudront maintenir le statu quo. Je ne suis qu'un « Ausländer », un étranger n'ayant rien de nouveau à leur apprendre. Si au moins, j'avais sa réputation d'insoumis ! On raconte que durant l'inauguration du premier festival de Beethoven organisé par Franz Liszt en 1845, un événement sans pareil dans l'histoire de la musique, les festivités ne se déroulèrent pas sans à-coups : la statue de Beethoven tournait le dos aux hôtes éminents, le roi Frédéric Guillaume IV de Prusse et Victoria, la reine d'Angleterre, assis au balcon du Palais de Fürstenberg, la Poste centrale d'aujourd'hui. Alexandre Von Humboldt sauva la situation en disant que Beethoven, de son vivant, avait toujours été un individu impoli.

Élise se mit à rire en pensant à son visiteur au grenier.

— Cette histoire t'amuse ?

Elle reconnut tout de suite cette voix. « J'espère que je ne l'ai pas offensé », pensa-t-elle, en mettant le nez dehors pour s'en assurer. Elle savait qu'il se brouillait régulièrement avec les uns ou les autres de ses amis, puis que très souvent, il faisait amende honorable. À cause de son grand talent, ses amis excusaient toujours son comportement excessif et impulsif.

Ce qu'elle vit aurait normalement épouvanté le commun des mortels. Devant elle se dressait Ludwig van Beethoven, en tenue de nuit. Il portait une grande chemise blanche qui lui couvrait les chevilles et un bonnet en équilibre précaire sur sa masse de cheveux. Un bougeoir flottait à la hauteur de ses yeux, lui donnant un teint blafard.

– Je...

– Ne t'en fais pas, j'ai moi aussi trouvé les commentaires de Humboldt très amusants. Qu'as-tu appris en lisant les cahiers de ton père ?

– Il a trouvé une de vos compositions dans le livre que maman lui avait offert. Comment est-ce possible ?

– Je l'ai tenue cachée, comme la lettre ardente à mon « Immortelle bien-aimée », écrite en 1812, mais qu'on retrouva dans un tiroir secret avec le testament d'Heiligenstadt. Une missive que je n'ai jamais envoyée, parce que le courage m'a manqué. Au cours des semaines qui ont suivi ma mort, elle a été enfin remise à la personne pour qui je l'avais écrite. Malheureusement, il était trop tard.

– Quel dommage !

– Ainsi va la vie. Il est temps d'aller dormir.

– Au fait, dit Élise, où allez-vous dormir ?

– Chez moi.

– Chez vous ?

– Oui, chaque nuit je rentre à la maison dormir dans mon lit.

– Quelle maison ?

– Celle où je suis né.

– Votre maison dans la ville de Bonn ?

– Précisément.

– Pourquoi ne rentrez-vous pas à Vienne ?

– Parce que c'est impossible ! La jolie maison que j'ai habitée pendant plusieurs années et qui se trouvait près des remparts de la ville, a été complètement détruite par les canons de Napoléon Bonaparte, ce petit dictateur !

– Ah, je vois, murmura Élise, ébahie par son rugissement, qui grondait comme le tonnerre, faisant trembler la flamme de la pauvre chandelle.

Ne voulant pas effrayer l'adolescente qui le fixait de ses grands yeux, Ludwig lui dit plus doucement, avant de souffler sa chandelle et de disparaître :

– Dors bien, Élise !

CHAPITRE 7

Déjeuner-causerie

Sous son édredon en forme de tente des nomades du désert, elle avait continué sa lecture jusqu'à deux heures trente, avant de se dire qu'il fallait être raisonnable, et essayer de dormir un peu. Elle s'attendait aux remontrances inévitables de sa mère – après tout, elle avait désobéi – mais les précieux cahiers lui avaient redonné de l'espoir. Elle ne connaissait que des bribes de l'histoire. Maintenant, elle ne pouvait plus reculer et permettre à sa mère de garder un silence devenu étouffant.

Son réveille-matin se mit à bourdonner. D'un geste brusque, elle en frappa la commande, comme pour chasser un moustique agaçant.

– Non, pas déjà ! Encore dix minutes !

Emmitouflée au creux de son lit, Élise s'étira comme un chat. Tout son corps tressaillit. Elle se frotta les yeux, bâilla en laissant échapper toutes les notes d'une octave. Au saut du lit, ses cheveux bouclés, noir jais, prenaient toujours la forme d'un énorme chapeau biscornu. Aussi, il lui arrivait de garder l'empreinte des plis de son oreiller sur sa joue, témoignant de la profondeur de son sommeil. Ce n'était pas le cas ce matin : elle avait l'impression de ne pas avoir dormi du tout.

De son lit, elle passa à la douche. Une fois la salle de bain remplie d'une épaisse brume opaque, Élise essuya la glace comme elle aurait enlevé le givre d'une fenêtre, par un matin d'hiver. Elle examina les quelques taches de rousseur discrètes qu'elle avait sur l'arête du nez et les pommettes. C'était un petit défaut qu'elle tolérait. Elle s'empressa de sécher ses cheveux et de noircir ses cils épais avec un peu de mascara, le seul maquillage que sa mère lui permettait de porter.

Elle avait presque oublié le procès qui l'attendait. Elle enfila des bas, l'un de couleur cramoisie, l'autre de couleur lime et qui tirebouchonnait à la cheville. Une fois habillée, elle jeta un dernier coup d'œil dans la glace, ajusta sa chemise et une mèche rebelle, puis sortit de sa chambre en coup de vent, dévalant les marches de l'escalier deux par deux en s'agrippant à la balustrade.

Sa mère était assise à la table, tenant à deux mains une tasse de café fumant, pour se réchauffer. Voulant éviter la dispute, Élise se dirigea vers le frigo pour prendre la cruche de lait. C'était un autre de ses rituels, cette valse dans la cuisine pour sortir des armoires et des tiroirs, ustensiles, bol et boîte de céréales.

— Viens t'asseoir, il faut qu'on parle, dit sa mère.

— Ça ne peut pas attendre ?

— Non, je veux savoir pourquoi tu as choisi de me désobéir.

— Je n'ai pas choisi de te désobéir. Hier, pendant que j'étais seule à la maison, j'ai entendu…

J'ai cru entendre du bruit qui venait du grenier et je suis montée pour vérifier qu'il n'y avait ni écureuil ni raton laveur qui cherchaient à s'y installer pour l'hiver.

— Élise ! Tu racontes n'importe quoi, c'est plus fort que toi ! Dis-le donc que tu voulais voir ce qu'il y avait dans le grenier. Tu as délibérément décidé de faire à ta tête !

— Bon, disons que j'ai fait à ma grosse tête, répéta Élise, en s'attablant lentement et en roulant les yeux.

— Et qu'est-ce que tu as trouvé ?

Élise hésita un moment.

— J'ai trouvé le piano de papa ! Pourquoi me l'avoir caché ?

— Parce que je ne voulais pas vendre cet instrument lorsque ton père nous a quittées, et que le seul endroit où je pouvais le ranger était le grenier.

— C'est ton tour de répondre n'importe quoi. Pourquoi papa est-il parti ?

— C'est une histoire trop compliquée.

— C'est à cause de Beethoven, n'est-ce pas ?

— Qu'est-ce que tu dis ?

Sarah se redressa sur sa chaise.

— À cause des parchemins que papa a trouvés dans le livre que tu lui avais acheté chez l'antiquaire, n'est-ce pas ? J'ai lu ses cahiers de notes. Ils étaient rangés dans la malle de voyage où se trouvait le livre, lorsque papa vivait avec nous. Il faut que tu m'expliques ce qui s'est passé !

— Bon ça va, il est temps que tu saches la vérité. Je vais te raconter ce que je sais, mais il ne faut pas m'en demander plus.

Sarah reprit du café en marmonnant, avant de revenir à table, résignée.

— Lorsque ton père étudiait à Cologne, je lui ai envoyé ce livre en cadeau. Je savais que c'était l'œuvre d'un grand poète allemand et j'ai pensé que ton père s'amuserait à en déchiffrer le sens, puisqu'il devait apprendre l'allemand pour faire la recherche en vue de sa thèse. Ton père m'a écrit, peu de temps après, pour me dire qu'il avait bien trouvé les partitions dans le livre. Elles étaient écrites à la main et Simon y voyait une œuvre inédite de Beethoven. Il l'a décrite comme présentant un motif agressif en ouverture, réutilisé tout au long des mouvements à essence rythmique, une grande nouveauté pour ce compositeur. Beethoven semblait avoir délaissé toute considération formelle pour ne s'attacher qu'à l'invention et à l'exploration de nouveaux territoires sonores. Je t'avoue que j'avais de la difficulté à comprendre et à croire ce que je lisais.

— Tu veux dire que papa mentait.

— Ce n'est pas ce que j'ai dit. Ce qu'il croyait avoir trouvé était tellement extraordinaire, que j'avais de la difficulté à en saisir toute l'ampleur.

— Qu'est-ce que papa a fait avec les documents ? Dans ses cahiers, il explique qu'il les a étudiés et analysés pour en arriver toujours à la même conclusion. Que s'est-il passé ensuite ?

— Eh bien, il a fait l'erreur de confier ses conclusions aux membres de la faculté du conservatoire de musique. Ils l'ont accusé d'être un faussaire, de vouloir se moquer d'eux, en plus de rechercher le vedettariat.

— Papa n'aurait jamais fait une chose pareille.

— Toi et moi, nous le savons. Ses collègues ont vu les choses autrement. Lui, en désespoir de cause, a fini par malheureusement contacter des gens qui faisaient la vente d'objets rares. Simon voulait à tout prix prouver que les partitions étaient authentiques. Ces revendeurs n'étaient que des escrocs qui cherchaient à faire un profit, en les refilant à un acheteur ayant plus d'argent que de cervelle. Que l'œuvre soit vraie ou fausse n'avait, pour eux, que très peu d'importance. Leur but était de soutirer les parchemins à ton père.

— Est-ce qu'ils ont réussi ?

— Non, ils ont essayé de lui tendre un piège. Ton père soupçonnait qu'ils voulaient le rouler. Il leur a remis de multiples photocopies d'une seule page.

— Ils ont cru que papa était assez bête pour leur remettre tout le document ?

— Eh oui, mais lorsqu'ils se sont aperçus que Simon les avait déjoués, ils étaient furieux d'avoir raté leur coup. Quelques jours plus tard, ils l'ont accusé d'essayer de vendre un trésor du patrimoine allemand. Les autorités et la presse s'en sont mêlées. Cette histoire a fait scandale. Les membres de la faculté, ne voulant pas perdre la face, ont juré sous serment que les documents étaient des faux. Les malfaiteurs ont perdu une fortune, puisque leur client ne voulait plus acheter un objet sans valeur. Les bandits, voulant se venger, ont mis un prix sur la tête de ton père. Et lui, dans toute cette histoire, s'est vu renvoyer de l'école de musique et a dû fuir le pays comme un malfaiteur. Il est rentré au Canada déshonoré. Il a mis des mois à s'en remettre. Il ne pouvait plus reprendre ses études et il a dû survivre en donnant des leçons de piano. Il a continué pendant longtemps à analyser les documents, mais tu commençais à grandir. Nous avions de sérieux problèmes d'argent; il a finalement abandonné et a tout rangé dans le grenier.

— Mais, le livre et les documents ne sont plus dans le coffre. Est-ce que papa les a emportés avec lui ?

— Sans doute, je n'en suis pas certaine. Lorsqu'il est parti, il a pris ce qu'il voulait et je n'ai pas cherché à l'en empêcher.

— Pourquoi a-t-il laissé son piano ?

— Il avait trouvé un appartement minuscule au centre-ville. Quelques mois plus tard, il m'a écrit pour me dire qu'il quittait Montréal et qu'il voulait te laisser le piano. Il est parti et depuis, comme tu le sais, plus aucune nouvelle. Un ami a payé des déménageurs pour faire transporter et remiser le Bechstein au grenier. C'est pourquoi je t'ai interdit d'y mettre les pieds.

— Oui et tu m'as forcée à jouer sur un piano minable. Maman, je voudrais aussi que tu m'expliques les raisons de votre séparation ?

— Notre vie était devenue insupportable. Simon était obsédé par cette musique soi-disant de Beethoven et il voulait à tout prix prouver son authenticité. Il était prêt à dépenser de l'argent, que nous n'avions pas, pour faire analyser les documents par des spécialistes en Europe et aux États-Unis. Il s'enfermait des journées entières pour travailler cette musique au piano. C'était devenu une hantise. Notre vie en était complètement bouleversée et nous nous querellions sans cesse pour des questions d'argent.

Élise commençait à rassembler les morceaux du casse-tête. Enfin, elle pouvait croire que la rupture n'était ni sa faute ni celle de ses parents. Ils avaient simplement été dépassés par des événements hors de l'ordinaire. L'adolescente conservait une lueur

　　　　　　　　　　　Élise et Beethoven

d'espoir que les partitions étaient authentiques et que leur compositeur lui avait rendu visite en partie pour le prouver. Du grenier lui parvint une douce musique, une mélodie attirante… semblable au son d'une flûte enchantée.

– Tu entends quelque chose ?

– Non, répondit sa mère, en prenant une gorgée du café qui avait refroidi pendant qu'elle passait aux aveux.

– Si tu le permets, maman, je voudrais monter au grenier quelques minutes, osa Élise en se levant de table.

Sarah lui fit signe que oui.

Elle embrassa sa mère sur le front. Sarah laissa échapper un long soupir, comme soulagée d'un énorme fardeau.

Élise se précipita à l'étage supérieur. Le Maître semblait sourire en laissant glisser ses mains sur le clavier, d'où émanait un air joyeux.

– Un jour, mon père m'a raconté que vous aviez envoyé un billet au prince Carl Lichnowsky de Silésie, qui menaçait de vous mettre aux arrêts parce que vous refusiez de jouer du piano pour lui et pour des officiers français, stationnés dans son château.

– C'est vrai. J'avais écrit :

Prince, ce que vous êtes, vous l'êtes par le hasard de la naissance. Ce que je suis, je le suis par moi. Des princes, il y en a et il y en aura encore des milliers, mais il n'y a qu'un Beethoven.

– Si vous êtes bien le seul et unique Beethoven, alors vous devez m'aider. J'ai besoin de votre sagesse. Il n'y a que vous qui puissiez me guider à travers le labyrinthe dans lequel ma famille semble s'être égarée.

Le Maître leva les yeux vers Élise. Elle aperçut une lueur de tendresse dans son regard bleu gris. Il hocha la tête pour montrer qu'il avait bien saisi sa demande et qu'il y acquiesçait.

– Je serais honoré de pouvoir vous venir en aide. J'attendais une telle requête depuis quelque temps.

– Ah! Ah! C'est donc pour cette raison que vous êtes ici?

– En partie, mais il y en a une autre. Nous en reparlerons plus tard. Maintenant il est temps de te rendre en classe. Ne révèle à qui que ce soit, pour le moment, que tu as la capacité de me voir, sauf à ton professeur de musique.

– Julien?

– Oui, il sera notre premier allié. Et il faut aussi inclure Grégoire et Sophie, tes deux meilleurs amis.

– Vous connaissez mes amis?

– Bien sûr, et je peux t'affirmer que tu auras besoin de compter sur eux plus que tu ne le crois.

Élise eut envie de danser, mais elle se ressaisit. Se sentant rougir, elle pivota sur ses talons, en lui balbutiant une fin de phrase :

– Il n'y a qu'un Beethoven!

Le Maître se remit à jouer son air joyeux.

CHAPITRE 8

Conseils d'amis

Lundi matin, pendant le labo de biologie, Élise retrouva Grégoire et Sophie. Le trio travaillait depuis quelque temps sur le même projet. La tâche était de déterminer la composition de l'alcool, d'identifier son circuit dans l'organisme, de repérer ses effets, et d'expliquer comment on mesure la proportion d'éthanol ou le volume d'alcool d'une boisson alcoolisée.

Élise pouvait toujours compter sur Grégoire, l'avatar de Tintin, son incarnation toute crachée. Sauf qu'il était incapable de conduire une automobile, une mobylette, une locomotive ou un char d'assaut. Il n'avait jamais tenu la barre d'un voilier ou piloté un avion et, en plus, il avait peur des chevaux. Par contre, il avait sa fameuse mèche blonde et rebelle, toujours en forme d'apostrophe. Son tempérament calme et posé l'amenait toujours à analyser une situation avant d'agir. Sa curiosité naturelle le poussait à élucider toutes sortes de mystères. C'était cette qualité qu'Élise aimait particulièrement chez lui.

– Tu es mon encyclopédie sur pattes, lui disait-elle pour le taquiner, lorsque sans le moindre effort, il arrivait à répondre à toutes ses questions.

Grégoire rêvait de changer le cours de l'histoire. L'archéologie était son violon d'Ingres. Il n'ambitionnait pas de trouver le « chaînon manquant » qui s'avéra, pour un faussaire, l'excuse parfaite pour berner les scientifiques en fabriquant l'homme de Piltdown à partir de morceaux de squelette d'orang-outan et d'ossements humains. Il voulait plutôt découvrir comment s'étaient succédé ces multiples espèces et prouver définitivement que l'homme ne descendait pas du singe, mais qu'il était un type de singe ; le chaînon manquant n'était pas un fossile, mais un être encore bien vivant. Sa hantise était ce qu'il appelait les McMusées, ces établissements qui exposaient des copies d'objets ne datant que de quelques siècles, en plus de vendre des billets à des prix exorbitants aux visiteurs naïfs, qui gobaient tout ce qu'on leur racontait. Pendant ce temps, les objets authentiques demeuraient cachés aux yeux du public, dans les réserves du musée. Seuls les fossiles, selon Grégoire, offraient des pistes tangibles de notre histoire.

Sophie était la fille la plus *cool* de la classe. Championne de karaté, pourvue d'un corps athlétique, aux membres longs, droits et élégants, elle portait toujours ses cheveux châtains lisses et fins, noués en queue de cheval. Une frange et deux mèches lui encadraient le visage. Elle avait des yeux bleu azur et un petit nez en trompette, sur lequel reposait une énorme paire de lunettes en forme d'œil de chat. Elle dévorait tout ce qui touchait à la microbiologie et se passionnait pour la science criminalistique et donc, pour l'ensemble des techniques servant à établir la preuve d'un crime et l'identification de son auteur. Son idole était Sherlock Holmes. Elle se portait souvent volontaire comme porte-parole lors de la présentation des projets, puisqu'elle expliquait facilement en termes simples les données les plus complexes.

Élise, elle, regardait travailler ses coéquipiers et se contentait d'être leur rédactrice.

Ruminant depuis plusieurs jours la série de questions nébuleuses qu'elle voulait poser à ses deux experts, Élise attendait le moment propice où leur prof, Mme Simard, quitterait la classe pour aller chercher sa quatrième tasse de café de la matinée. Quinze minutes venaient à peine de s'écouler depuis le début du labo, lorsque Mme Simard se volatilisa.

— Grégoire, je voudrais savoir quelque chose ?

— Oui, quoi ?

— Comment les musées arrivent-ils à déterminer l'âge et l'authenticité de documents, disons, du XIXe siècle ?

Il la regarda, pantois. C'était la première fois qu'Élise montrait le moindre intérêt pour des questions scientifiques non liées aux travaux des cours de sciences.

— Élise Poirier, tu m'étonneras toujours. Moi qui croyais que tu ne vivais que pour la musique !

Élise lui fit une grimace et lui donna un coup de poing sur l'épaule droite.

— Ayoye ! T'entraînes-tu pour la boxe ?

– Grégoire, je suis sérieuse et je ne t'ai pas fait mal. Sais-tu comment ils font ?

– Eh bien ! C'est pas compliqué. Il existe plusieurs moyens d'authentifier des spécimens. En archéologie, le carbone 14 est utilisable pour des matériaux vieux de cinq cents à sept mille ans environ. Pas question, donc, de dater ainsi des fossiles de dinosaures… je crois que les derniers se sont éteints il y a soixante-cinq millions d'années. Pour les matériaux trop anciens, trop jeunes, ou ne contenant pas de carbone, on emploie de multiples méthodes, telle la datation par radioactivité avec l'uranium et le potassium ou la thermoluminescence pour les cristaux, la dendrochronologie pour le bois ou l'archéomagnétisme pour l'argile. Par exemple, grâce au carbone 14, on a prouvé que le Saint-Suaire de Turin, que l'on croyait avoir servi à envelopper le corps de Jésus lors de son enterrement, avait en fait été tissé entre 1260 et 1390 après Jésus-Christ.

– C'est très intéressant ce que tu dis, mais tu viens de me perdre. Qu'est-ce qu'on fait, alors, pour dater un document papier relativement jeune ?

– Tu parles d'un manuscrit ou d'un document imprimé ?

– C'est un document écrit à la main, avec une plume et de l'encre.

– Alors, c'est plus compliqué. Il faudra analyser le papier et l'encre par des méthodes chimiques et confronter les résultats à des documents de la même région géographique. Un expert en graphologie s'occupera de la comparaison de l'écriture avec d'autres documents existants, du même auteur.

– Il y a un autre moyen, ajouta Sophie, qui suivait la conversation avec intérêt. Il serait possible d'isoler des traces d'ADN sur le document.

– De l'ADN ? questionna Élise.

– Oui, lorsqu'on travaille sur un document, on laisse des traces, des empreintes digitales, de la sueur, de la salive et parfois même du sang.

– Dégueu ! Mais en partie vrai : la bio me fait parfois suer à grosses gouttes, remarqua Élise avec un sourire moqueur.

– Pour faire ce genre de test, il faut malheureusement détruire une partie du document, expliqua Sophie.

– Chut ! Au travail les filles, avertit Grégoire à voix basse. Voilà Mme Simard, il faut finir notre labo avant la fin du cours. On pourra discuter de tes questions en fin d'après-midi, si tu veux, Élise ?

– Je ne pourrai pas, j'ai une leçon de musique chez Julien, tout de suite après les cours.

– Et moi, j'ai une classe de karaté.

– Bon, ben alors à un autre tantôt, conclut Grégoire.

CHAPITRE 9

Preuves irréfutables

Plus tard dans l'après-midi, Élise faisait les cent pas devant l'appartement de Julien. Elle expira tout l'air qu'elle avait dans les poumons, prit une grande respiration, hésita, puis mit la main sur le heurtoir à tête de lion tenant dans sa gueule un anneau de laiton. Elle examina le fauve de plus près et murmura :

– Tiens, Ludwig et lui ont la même crinière.

Elle se couvrit la bouche, pour rire sous cape. Elle devait à tout prix garder son sérieux, si elle voulait soumettre des questions importantes à Julien. D'abord, elle voulait savoir comment son père s'était enlisé dans le bourbier qui avait causé sa déroute ; puis, il y avait la question du spectre. Comment allait-elle aborder le sujet ? Elle se mit à réciter dans sa tête ce qu'elle allait dire à son professeur de musique :

« Euh… Julien, j'ai eu la visite d'un fantôme. » Non, il faut que je trouve une façon plus subtile et astucieuse de lui parler de mon revenant, sinon il va me prendre pour une cinglée. Tiens, je vais dire plutôt : « Bonjour Julien, que sais-tu des compositions de Beethoven ? » D'une main assurée, elle signala sa présence en frappant. Elle entendit Julien s'exclamer, de l'autre côté de la porte :

– Une seconde, j'arrive !

Elle n'eut pas le temps de réfléchir. Julien ouvrit, l'accueillant d'un large sourire et d'un mot gentil.

– Bonjour Élise, comment se porte ma meilleure élève cet après-midi ?

– Bien et toi ?

Avant même d'entrer, elle reprit :

– Julien, que sais-tu à propos du fantôme de Beethoven ? Ah non ! Merde ! Ce n'est pas ce que je voulais dire. Je me demandais plutôt si tu étais un expert dans la musique de Beethoven.

Dérouté, Julien trouva le comportement d'Élise inhabituel. Elle lui semblait contrariée, tracassée, préoccupée. Normalement, elle aurait répondu : « Super bien ! Et comment se porte le meilleur prof de musique du monde ? »

Il dit simplement :

– Je ne suis pas un expert, mais Beethoven est un de mes compositeurs préférés ; je me suis beaucoup penché sur ses œuvres au cours de ma formation. Est-ce qu'il y a quelque chose en particulier que tu veux savoir à propos de sa musique ?

– Je voudrais savoir si c'est possible de forger des documents qui ressembleraient à de la musique de Beethoven ?

La question lui fournit un indice. Il était un bon ami de Simon, depuis plus de vingt ans, et il était au courant de la découverte des documents qui avaient ruiné la réputation et la carrière de cet homme et détruit sa famille. Il savait aussi qu'Élise n'était au courant de rien, du moins jusqu'à aujourd'hui.

– Que veux-tu savoir au juste ?

– J'ai trouvé les cahiers de notes de papa dans le grenier et maman a été forcée de tout m'expliquer.

– Ah, je vois.

– Mais il y a autre chose, de bien plus... bizarroïde et rocambolesque. Tu es la seule personne à qui je peux me confier. Tu as toujours été comme un père pour moi, depuis que le mien m'a abandonnée.

– Il ne t'a pas abandonnée, Élise, je lui donne régulièrement de tes nouvelles. Tu dois comprendre qu'il a essayé par tous les moyens de prouver l'authenticité des documents qu'il avait en sa possession, mais on l'accusait de tous les méfaits. Il a fini par se décourager, sa réputation était en lambeaux et sa carrière de musicien sur la scène internationale, en ruine. Il a été forcé de tout plaquer et il est rentré à Montréal complètement démoralisé et malade. Après avoir lutté des années pour blanchir sa réputation, il a finalement renoncé au combat. Il n'arrivait plus à se trouver du travail ici et il a pensé qu'il valait mieux que tu restes avec ta mère. Il se voyait comme un raté, il avait honte et n'arrivait plus à s'extirper de ce marasme. Il a été simplement dépassé. Tu comprends, c'était tellement compliqué. Maintenant que tu es au courant de cette aventure de malheur, veux-tu me dire ce qui te tracasse ? Je peux peut-être t'aider à y voir clair.

– Tu promets de ne pas te moquer de moi ou me prendre pour une désaxée, si je te le dis ?

– Je te le promets.

– Jure-le !

– Je le jure.

Élise prit son courage à deux mains et raconta à Julien les événements qui entouraient l'apparition de Beethoven dans son grenier, leurs conversations et la promesse qu'il lui avait faite de l'aider. Plus elle entrait dans les détails, plus Julien écarquillait les yeux.

— Élise, je veux bien te croire, mais tu dois comprendre que ce n'est pas facile.

— J'aurais dû me la fermer ! Ce qu'il me demande de faire est impossible !

Elle était au bord des larmes.

À ce moment précis, les pages de musique sur le lutrin du piano se mirent à virevolter, lancées en l'air comme des confettis, par une main invisible. Stupéfait et secoué par ce qui venait de se produire, blanc comme un drap, Julien dut s'asseoir dans un fauteuil, puisque ses jambes ne le supportaient plus.

— Il est ici, n'est-ce pas ?

Élise dut se mordre la lèvre inférieure pour étouffer un rire nerveux, qui la fit grimacer. Du coin de l'œil, elle voyait Ludwig, assis sur le banc du piano, satisfait de l'effet qu'il venait de produire. Avec sa chevelure en broussaille, il ressemblait vraiment au lion du heurtoir, prêt à engloutir sa proie. Une fois ressaisie, elle se mit à parler :

— Il me dit que si tu veux des preuves supplémentaires, il répondra à toutes tes questions.

Julien prit un bon moment pour recouvrer ses esprits, avant de dire, ne sachant comment s'adresser au spectre :

— Demande… heu… lui… heu… si on a récemment découvert une autre composition signée de sa main, à part le document que possède ton père ?

Plantée debout entre les deux hommes, Élise se tourna vers Ludwig, l'écouta attentivement et hocha la tête à quelques reprises. Puis, elle pivota sur ses talons pour faire face à Julien et lui faire part de la réponse, en s'assurant de ne rien omettre :

— Oui, c'est une partition pour quatre voix, intitulée *Dona nobis pacem*.

— Quand cette œuvre a-t-elle été imprimée pour la première fois ?

Élise se tourna vers le piano et livra d'un ton hésitant les réponses aux questions de Julien, à la manière d'une interprète.

— L'œuvre date de 1795, lorsqu'il était un jeune étudiant à Vienne, mais elle a été imprimée pour la première fois en 1832… quelques années après son décès, par un de ses amis qui s'appelait…

Élise hésita un moment, regarda Julien puis lui tourna le dos de nouveau, vers Ludwig, avant de continuer :

— Il s'appelait Ignaz… von… Seyfried. Il dit que cet ami manquait malheureusement de rigueur et que, dans ce livre, on trouve des exemples d'exercices soi-disant authentiques, mais qui étaient en fait des copies d'œuvres d'autres compositeurs. Alors, son œuvre passa pour anonyme pendant plus d'un siècle.

— Et comment a-t-elle été retrouvée ?

— Par miracle, le manuscrit a été découvert dans une bibliothèque de Stockholm. Il me dit que le document original prouve qu'il avait lui-même travaillé sur cette œuvre à quatre voix. Elle est pleine de fantaisie, mais en même temps bien stricte dans le domaine des lois de contrepoint.

Impossible pour les experts d'avoir de doutes : l'œuvre était bien authentique.

– Je me sens un peu comme un inquisiteur, mais je dois connaître l'origine de cette œuvre.

– Et moi, je me sens comme une girouette. Julien, est-ce que tu pourrais venir plus près du piano ? Les fantômes ne mordent pas, tu sais.

Ludwig lui fit un sourire complice. Julien se leva, encore un peu instable, s'approcha et posa une main tremblante sur le piano.

– Tu veux connaître la suite ?

– Oui, oui, continue.

Il y eut de nouveau une pause. Élise écouta attentivement le Maître, avant de poursuivre.

– L'œuvre date des cours avec son maître, Georg Alber... Albrecht... Albrechtsberger.

Ludwig lui fit un signe d'encouragement.

– C'est avec lui qu'il a travaillé à Vienne, de 1794 à 1795.

– Qu'est-ce qui a empêché pendant longtemps qu'on identifie l'auteur de cette pièce ?

– Il dit que, pendant des années, cette découverte était dissimulée sous un voile mystérieux. Stockholm ne voulait pas diffuser d'information, mais sous la pression des chercheurs, les Suédois ont dû céder et révéler le nom du compositeur. Le monde de la musique, selon lui, dispose maintenant d'une partition fiable. Enfin, les chorales peuvent chérir cette petite pièce.

– Élise, je te crois maintenant. Tu ne pouvais pas connaître les réponses précises à toutes mes questions.

– Je savais que toi, au moins, tu me croirais. Qu'est-ce qu'on doit faire maintenant ?

— Eh bien, je crois qu'il faut se rendre à Bonn, à Cologne et à Vienne, avec les documents de ton père, pour prouver que sa découverte est authentique elle aussi.

— Julien, ce n'est pas possible ! Je n'ai pas d'argent pour ce voyage et ma mère ne voudra jamais me laisser partir. D'ailleurs, je ne sais plus où se trouve le manuscrit. Il n'était plus au grenier, avec le livre de papa.

— Fais-moi confiance, Élise, tout est possible. Crois-tu que M. Beethoven pourra nous aider ?

Élise regarda le Maître, puis Julien, en affichant un large sourire.

— Tu as des vacances à Pâques, n'est-ce pas ? dit Julien.

— Oui, j'ai une semaine de congé.

— Alors, nous prendrons ce temps pour trouver les experts qui pourront nous aider. Je vais faire quelques démarches pendant les prochains mois et nous allons prouver, une fois pour toutes, que ton père n'était pas un faussaire qui cherchait à se glorifier, mais qu'il est un musicien et un musicologue de grand talent, qui a fait une découverte extraordinaire.

Julien consulta sa montre et se pencha vers Élise, l'air préoccupé.

— Heu... Élise, est-ce qu'il est toujours ici ?

— Non, il s'est volatilisé.

Julien se mit à rire, un peu soulagé par cette disparition.

— Mais Julien, où allons-nous trouver l'argent pour faire ce voyage ?

— Élise, écoute, tu m'as fait confiance en me livrant ton secret, alors je te demande d'en faire autant et de cesser de t'inquiéter. Il existe un concours international pour hautbois, violon, quatuor à cordes et piano, qui se déroule chaque année en Allemagne, dans la ville natale de Beethoven. Nous allons t'y inscrire, avec la permission de ta mère. Il y a une bourse, offerte par le conservatoire de musique, qui couvrirait toutes nos dépenses. Puisque tu es mineure, je vais demander à ta mère si elle accepterait que ton père nous accompagne ; après tout, il a été le plus lésé dans toute cette histoire.

— Maman n'acceptera jamais ! D'autant plus que je n'ai pas vu mon père depuis des années. Et mon récital ?

— Ce ne sera que partie remise. Le concours est très prestigieux et je crois que tu pourrais le remporter. C'est notre seule chance de découvrir enfin la vérité.

— Il faudra convaincre maman.

— Ça ne sera pas facile, mais pas impossible. Allez, au travail ! L'heure avance, Mademoiselle Poirier, et nous avons beaucoup à faire. Montre-moi ce que tu as accompli, depuis notre dernière rencontre. Installe-toi au piano.

Le temps filait et la leçon de piano était passablement écourtée. Dès les premières notes, Julien sut que son élève préférée avait accompli le travail attendu d'elle. À la fin de l'heure, Élise rangea ses feuilles de musique dans son sac. Julien lui annonça :

   Élise et Beethoven

– Je vais commencer les démarches et, dans quelques semaines, prendre rendez-vous avec ta mère, pour tout lui expliquer.

– Julien, tu ne peux pas savoir comme ça me stresse de revoir papa.

– Ne t'inquiète pas. Ton père t'aime, je le sais.

– S'il m'aime, pourquoi a-t-il été le vrai fantôme dans ma vie, depuis tant d'années ?

– Il te l'expliquera. Cesse de t'inquiéter, tout va bien se passer. L'important, sera d'arriver à convaincre Sarah que tu dois faire partie de notre délégation.

– Une délégation ? Nous serons seulement trois, n'est-ce pas ?

– Non, nous serons quatre : ton père, toi et moi, puis bien sûr Beethoven.

– Ah ! Julien, t'es même pas drôle.

Julien reconduisit Élise à la porte, en l'encourageant à continuer son bon travail.

– Je te tiendrai au courant de la suite des événements.

Sur le seuil, Élise remercia Julien d'avoir pris le temps de l'écouter et de l'avoir crue.

CHAPITRE 10

Plans de voyage

Contrairement à ses habitudes, Élise se réveilla de bonne heure ce samedi-là. Elle savait qu'il faisait jour, mais sous son édredon, elle garda les yeux fermés. Dans son demi-sommeil, elle se demandait si elle avait rêvé. Julien avait-il vraiment promis, il y avait plusieurs semaines déjà, de l'emmener à Bonn, à Cologne et à Vienne pour blanchir la réputation de son père ?

Elle entendit alors sa mère frapper à sa porte.

— C'est bien ce que je pensais, grommela-t-elle. Tout cela n'était qu'un rêve. Maman veut sans doute que je commence mes exercices de piano, avant de faire des plans pour passer quelques heures au téléphone avec mes amis, ce que je trouve mieux qu'un rapport fusionnel avec un écran. Le téléphone, c'est mon jardin secret, ma ligne de vie avec mes amis.

— Élise ! Lève-toi vite. Julien vient d'arriver.

Élise ouvrit grand les yeux, se redressa et se catapulta hors du lit. Elle enfila précipitamment ses jeans et un t-shirt troué, qu'elle mit d'abord sens devant derrière, et passa par la salle de bain pour se donner un coup de peigne et se brosser les dents. Elle éprouvait une telle sensation de bonheur qu'elle eut l'impression que son cœur lui sortirait de la poitrine. Elle s'aspergea le visage d'eau froide pour se calmer et dévala l'escalier, ses pieds effleurant à peine les marches.

Elle retrouva Julien, assis dans la cuisine, sirotant un grand bol de café au lait fumant. Sa mère s'affairait à préparer une omelette.

— Bonjour, maman! Bonjour, Julien! lança-t-elle, hors d'haleine.

— Bonjour, Élise, la salua Julien.

— Tu as bien dormi, ma chouette? dit sa mère en lui donnant une bise.

La sensation de bonheur qu'elle avait ressentie se volatilisa. Élise était maintenant inquiète. Tout le monde semblait trop calme à son goût.

— Viens te joindre à nous, on t'attendait pour bruncher.

— Qu'est-ce qui se passe, maman?

— Rien de spécial. Ta mère et moi avons eu une longue discussion, avant que tu te lèves. Tout le monde ne peut pas roupiller jusqu'à midi!

Élise donna un coup de poing sur l'épaule de Julien, avant de s'asseoir avec eux à table.

— Il est à peine dix heures. Vous avez eu une longue discussion à propos de…?

— À propos du voyage en Europe, dont vous avez parlé il y a trois semaines.

— Je suppose que la réponse est non, répliqua l'adolescente.

— Au contraire, la réponse est oui. Ta mère a accepté ma proposition, à certaines conditions.

Élise ne pouvait en croire ses oreilles. Sa mère avait dit oui, mais il y avait des restrictions, ce qui ne la surprenait pas.

— Quelles conditions ? demanda-t-elle, le souffle presque coupé.

— Premièrement, tu dois faire tout le travail de préparation pour ton récital, qui aura lieu après notre retour au pays. Deuxièmement, ta mère et ton père vont essayer de se réconcilier avant notre départ, assez pour qu'il nous accompagne. Il y a un risque...

— Je comprends, dit Élise. Et si j'ajoutais une troisième condition ? Grégoire et Sophie doivent aussi faire partie de notre délégation. Nous allons avoir besoin de leur expertise.

— Je n'y vois aucune objection, si Julien est d'accord, mais tu dois obtenir la permission de leurs parents.

— C'est faisable, Élise. Le comité organisateur rembourse les coûts des billets d'avion et de l'hébergement pour trois invités de chaque jeune candidat au concours, précisa Julien.

— Alors tout est réglé, conclut Élise en se mettant à danser sur place. Il faut que j'aille vite en parler à mes amis. Ah oui, j'oubliais, j'accepte toutes les conditions, je promets, je le jure !

Elle quitta la cuisine en coup de vent, les rires de Julien et de sa mère aux oreilles. Elle passa par sa chambre, pour prendre son cellulaire avant de monter au grenier.

Assis confortablement dans le fauteuil aubergine, Ludwig l'attendait et lisait un des cahiers de notes. Élise s'installa à ses pieds. Des milliers de questions lui trottaient dans la tête. Elle ne savait par quel bout commencer. Ludwig parla le premier.

— Tu vois, dit-il, en posant son cahier, la vie nous réserve parfois de grandes surprises.

— Vous aviez raison de me conseiller de faire confiance à Julien. Il a été le parfait ambassadeur. Ma mère a dit OUI ! C'est incroyable !

— Lorsque tu seras en Europe, tu vas découvrir toutes sortes de choses plus ou moins vraies à mon sujet, et tu vas rencontrer des gens sans scrupules, des imposteurs et des faussaires. Sache que tu pourras venir me trouver, même si tu es accablée par des énigmes déroutantes. Ensemble, nous trouverons moyen de dissiper tes soucis.

— J'avais presque oublié que vous pouviez lire dans mes pensées, ajouta Élise, moqueuse. J'aimerais avoir ce don.

— Vraiment ? Malheureusement, pour avoir cette faculté, il faut mourir.

— Alors, ça peut attendre encore un peu. J'ai trop de choses à faire et à apprendre.

— Bien dit, Élise. Il est maintenant temps pour toi de connaître l'identité de la personne pour qui j'ai écrit la magnifique pièce musicale qui porte ton nom.

— Personne d'autre ne le sait ?

— Non, les pauvres chercheurs ont échafaudé toutes sortes de théories, mais elles sont fausses.

— Ils ont tous tort ?

— Oui, ils sont tous sur la mauvaise piste. Cette histoire commence avec une jeune comtesse qui vivait avec sa famille dans un magnifique château près de Budapest. Le comte Anton de Brunswick, son père, et sa femme Anna, eurent quatre enfants, un garçon et trois filles. Comme c'était la coutume chez les nobles, les enfants ne fréquentaient pas l'école, mais recevaient plutôt l'enseignement de professeurs particuliers. Ils étudiaient les langues, la littérature classique et la musique. Franz, l'héritier de la famille, devint un violoncelliste de marque, tandis que ses sœurs Thérèse, Joséphine et Charlotte, furent des pianistes de grand talent. Leur père mourut subitement; Anna se retrouva veuve avec trois adolescents et la cadette, alors âgée de 10 ans.

— Pourquoi les enfants doivent-ils toujours perdre leur père ?

— Le leur est mort, tandis que le tien est bien vivant et tu vas bientôt le retrouver.

— Vous avez raison. Qu'est-il advenu de cette famille ?

— Quelques années plus tard, Anna amena Thérèse et Joséphine à Vienne, pour me demander si j'accepterais de leur donner des leçons de piano. À cette époque, j'étais bien connu et les deux jeunes filles aimaient beaucoup ma musique.

— Et vous avez eu le coup de foudre pour l'une d'elles ?

— Oui, je suis tombé amoureux de Joséphine, qui venait de fêter ses vingt ans.

— Et est-ce qu'elle vous aimait aussi ?

— Oui, mais bien que célèbre, j'étais toujours un musicien pauvre. Cette même année, elle a été donnée en mariage par sa mère, qui avait besoin d'un gendre riche, dont le statut social égalerait celui de sa famille. Joséphine a dû se plier aux exigences familiales et elle a épousé le comte Joseph Deym, même s'il avait deux fois son âge.

– Ce n'était sans doute pas un mariage heureux ?

– Après quelques difficultés, les Deym ont développé une relation qu'on pourrait qualifier de cordiale, et j'ai continué à travailler avec Joséphine comme professeur de piano. J'étais un visiteur assidu dans leur foyer et je faisais partie de leur cercle d'amis.

– Est-ce qu'elle a eu des enfants ?

– Oui, elle a eu trois fils au tout début de leur mariage, mais pendant sa quatrième grossesse, son mari est mort des suites d'une pneumonie, au cours de l'hiver.

– Que s'est-il passé par la suite ?

– Je lui ai écrit de nombreuses lettres pour lui déclarer mon amour et elle en a fait autant.

– Ces lettres existent toujours ?

– Quelques-unes ont survécu. Lorsque tu seras en Europe, dans ma ville natale, tu les trouveras dans les archives de ma maison, devenue le musée Beethoven Haus. Dans mes lettres, je lui exprimais mon espoir de l'épouser.

– Elle a refusé, n'est-ce pas ?

– Oui, les membres de sa famille me voyaient comme un prétendant trop excentrique. Ils craignaient qu'elle accepte ma demande et s'opposèrent à notre union, pour des raisons pratiques et insurmontables : la garde des quatre fils de Joséphine et Joseph Deym et les affaires compliquées de la succession. Les problèmes se multiplièrent encore pendant de nombreuses années.

– Alors, la famille n'a pas voulu accéder à votre demande ?

   Élise et Beethoven

— Non, Joséphine n'avait que 24 ans. Elle n'eut pas la force de s'opposer à sa famille qui lui imposa un nouveau mariage quatre ans plus tard, avec le baron Christoph Stackelberg, d'Estonie. Ce mariage ne fut pas plus heureux que le premier. Ils eurent trois fils, mais son mari, un homme cruel, réussit à lui enlever ses enfants et à les emmener dans son pays, après l'avoir dénoncée à la police viennoise pour de faux méfaits.

— Il l'a trahie et simplement abandonnée ?

— Oui. À cette époque, j'espérais encore finir ma vie avec elle, mais j'étais bien malade, à la fois terrifié et fou de rage à la perspective de perdre la capacité de vivre dans l'univers des sons. Je suis allé prendre les eaux à Teplice, une station thermale de la République tchèque, croyant que cette cure me ferait du bien. C'est là que j'ai rédigé ma lettre ardente à l'Immortelle bien-aimée. On la retrouva dans un tiroir secret avec le testament d'Heiligenstadt. Cette lettre n'a pas fini de susciter bien des recherches et d'innombrables suppositions. C'est pour Joséphine Aloysia Brunswick que j'ai écrit la *Lettre pour Élise*.

— Est-ce qu'elle savait que vous l'aimiez autant ?

— Bien sûr, je lui ai exprimé mon amour maintes et maintes fois. Mais, la vie nous a joué de bien vilains tours, elle de famille noble et moi, fils d'un musicien sans fortune. Pour comble, cette dernière lettre, qui aurait pu changer le cours de notre histoire, ne lui est jamais parvenue.

— Ce n'est pas juste.

— Le destin ne fait pas toujours bien les choses. On a voulu faire croire que j'avais écrit cette lettre à l'intention d'Elizabeth Röckel, une soprano que j'ai connue lorsque je travaillais sur mon seul et unique opéra, mais c'est faux. J'avais beaucoup d'affection pour Élizabeth, mais elle a épousé Johann Hummel et ils sont demeurés mes amis intimes, jusqu'à ma mort.

Au cours des semaines avant mon décès, pendant ma trop longue maladie, Élizabeth et son mari sont venus me voir plusieurs fois. J'ai permis à Elizabeth de garder une mèche de mes cheveux. William Hummel, un descendant de Johann, l'aurait découverte en 1934, à Florence. Cette mèche se trouve maintenant à Bonn, dans la maison où je suis né. Il faudra vous y rendre au début de votre voyage.

— Vous serez là pour nous venir en aide, vous me le promettez ?

— Oui, bien sûr. Va, maintenant. Tu as beaucoup à faire en préparation de ton départ.

Dans l'escalier qui menait à sa chambre, Élise texta Grégoire et Sophie :

Rdv 13 h Kfé Cumulus
Plein de nouvl
Chu la ds 45 min
Dak ? Biz
Élise ☺

À quelques secondes près, Grégoire et Sophie répondirent :

Dak
A+

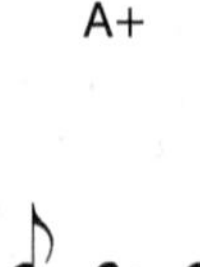

Élise et Beethoven

De retour dans la cuisine, Élise retrouva Julien et Sarah en train de terminer leur déjeuner.

– Maman, Sophie et Grégoire viennent me rencontrer au Café Cumulus. Tu n'as pas besoin de moi ? Je serai de retour vers midi.

– Le café du Plateau Mont-Royal ?

– Oui, je vais prendre le métro.

Voyant que Sarah allait s'y opposer, Julien intercéda pour Élise.

– Je vais l'accompagner. De cette façon, tu n'auras pas à t'inquiéter et ça me donnera la chance de faire la connaissance de Grégoire et de Sophie. Merci pour le délicieux déjeuner. Je te tiens au courant des préparatifs.

Julien avala une dernière goutte de café, puis enfila son manteau.

– Prête, Élise ? Allons-y !

CHAPITRE 11

Un personnage louche

Au café Cumulus, Julien avança sa chaise, mit ses coudes sur la table et noua ses mains sous son menton. Il expliqua à Sophie et Grégoire ce qui était arrivé au père d'Élise, en prenant soin d'omettre l'apparition du spectre de Beethoven.

— Vous comprenez maintenant l'importance capitale de ce voyage dans le pays natal de Beethoven. Sur place, les recherches et les analyses seront facilitées. C'est la seule façon de prouver une fois pour toute l'authenticité des documents.

— Mais, qu'est-ce qu'on peut faire, nous deux ? demanda Grégoire.

— Tu m'as dit que c'était possible de faire des analyses du papier et de l'encre, précisa Élise, tirée de sa rêverie.

— Heu, oui.

— Et toi, Sophie, tu m'as expliqué qu'on pouvait même trouver des traces d'ADN sur le papier.

— Oui, mais il faut comparer cet ADN à celui de la personne qui aurait créé ou manipulé les documents.

– Si on avait quelque chose comme une mèche de cheveux de cette personne, est-ce qu'on pourrait l'utiliser ?

– Oui, absolument, mais il serait encore mieux d'avoir une deuxième source d'ADN de la même personne. De cette façon, la preuve serait irréfutable.

– Voilà exactement pourquoi vous devez venir avec nous. Julien, mon père et moi sommes trois « polards » en musique. Nous aurons besoin de votre expertise pour nous guider, lorsque nous devrons nous mesurer aux soi-disant experts qui ont accusé mon père d'avoir forgé ces documents.

– Je ne savais pas que j'étais un polard de la musique.

– C'est seulement une expression. Je ne veux pas t'insulter, Julien, s'excusa Élise, sourire en coin.

– Je te taquine, reprit Julien, en riant.

– Ben moi, je n'ai pas de projets pour les vacances, mais il va falloir convaincre mes parents, prévint Grégoire.

– Les miens comptent faire un voyage organisé en Europe, ajouta Sophie. Je leur demanderai s'ils peuvent prendre le même vol que nous. De cette façon, ils pourraient garder le contact avec moi, en Allemagne ainsi que pendant leur tournée de dix pays en dix jours. Je suis certaine de pouvoir les convaincre de me laisser vous accompagner, si on parle de prêter main-forte à Élise. Il faudrait que toi et Julien leur expliquiez le but du voyage, c'est tout.

– Bon alors, c'est réglé, conclut Julien, après avoir demandé l'addition.

Il se leva pour payer à la caisse. Les autres enfilèrent leur manteau et le suivirent. Ils étaient excités à l'idée de faire le voyage.

— Il est *cool*, ton prof de musique, dit Grégoire.

— Oui, *full cool*, renchérit Sophie.

Tous quatre sortirent du café. L'air frais fit frissonner Élise. Elle donna une bise à Grégoire et à Sophie, qui rentraient à pied chacun de leur côté.

— Je te raccompagne ? offrit Julien.

Élise entrait dans le métro avec lui, lorsqu'elle eut la sensation qu'on les filait. Elle ne voulut rien dire à Julien, mais une fois assise sur la banquette, elle tira doucement sur sa manche. Il se tourna vers elle.

— Qu'est-ce qu'il y a ?

— Je pense qu'on nous suit, lui souffla-t-elle à voix basse.

— Il ne faut pas être parano, Élise.

— Je ne suis pas parano. Depuis l'apparition de *tu sais qui*, on dirait que je perçois les choses avec un sixième sens ; la présence de cet homme me dérange vraiment.

— On va voir ce qui va se passer quand on va changer de métro.

En descendant du wagon à la station Berri-UQAM, ils se dirigèrent vers un transept menant à une passerelle en direction est. Julien eut l'idée de faire halte dans un kiosque à journaux. Vêtu d'un imperméable gris et chapeauté d'un large feutre qui lui cachait la figure, l'homme s'arrêta lui aussi. Lorsque Julien et Élise firent une seconde pause dans le couloir, pour écouter un quatuor de jazz, l'homme les imita. Julien recula de quelques pas en entraînant Élise, puis ils se mirent à courir le long du corridor, à une vitesse telle qu'Élise eut l'impression de planer. L'homme à leurs trousses, ils ne ralentirent qu'en sortant de la bouche de métro. Ils sautèrent dans un taxi, sans être vus. Hors d'haleine, Julien donna l'adresse d'Élise au chauffeur.

— Ne parle pas à ta mère de cet incident, elle pourrait décider d'annuler le voyage, conseilla-t-il en reprenant son souffle.

— Je sais, mais avoue que c'est bizarre.

— Des bruits auraient-ils commencé à courir sur cette histoire depuis que j'ai commencé à établir des contacts en préparation d'une visite en Allemagne ?

— Rumeurs qui seraient parvenues aux oreilles de gens sans scrupules ?

— Possiblement Élise, mais gardons à tout prix notre sang-froid. Nous n'en sommes qu'au début de nos recherches.

— Nous devons être sur la bonne piste, s'il y a déjà des remous.

— Nous avons peut-être dérangé des gens puissants, qui veulent que cette œuvre reste secrète, comme on a essayé de le faire comprendre à ton père, au conservatoire de Cologne.

— Tu as sans doute raison, mais nous n'allons pas capituler maintenant ?

— Non, il va falloir aller jusqu'au bout. J'ai déjà sondé le terrain auprès du Dr Gottfried Schuman, directeur du Conservatoire de musique de Vienne, du Dr Karl Blunier, directeur musical général de l'Orchestre Beethoven de Bonn, ainsi qu'auprès du Dr Klaus Martin Kopitz, du Conservatoire de musique de Cologne, un des plus grands musicologues allemands et spécialiste de reconstructions philologiques des manuscrits de Beethoven. Tous ont accepté de nous rencontrer aux dates que je leur ai proposées. J'ai aussi contacté les organisateurs du concours international de musique et ils m'ont informé de la disponibilité de places dans les avions à destination de Francfort, et des hôtels où nous pourrons séjourner. J'ai aussi ébauché un itinéraire de voyage que je pourrais maintenant étoffer.

— Est-ce qu'on pourrait se rendre d'abord à Bonn, pour visiter le lieu de naissance de Beethoven ?

Le taxi s'immobilisa devant la maison d'Élise.

— Ce sera notre première visite. Allez, rentre vite et pas un mot sur le type du métro.

— Silence de cimetière, promit Élise, en faisant un trait sur sa bouche, puis en tournant une clé invisible au coin de ses lèvres, pour la mettre aussitôt dans la poche de son veston.

Elle sourit à Julien, prit son sac à dos et referma la portière du taxi.

Julien attendit qu'elle soit entrée dans la maison avant de dire au chauffeur de le reconduire chez lui. Pendant le reste du trajet, il entra de nouvelles données sur la liste qu'il avait commencée sur son cellulaire. Il se disait que si, par malchance, Élise, Grégoire et Sophie ne pouvaient l'accompagner, rien au monde ne l'empêcherait de faire ce voyage. L'avenir de son ami Simon et celui de sa fille Élise pesaient lourd dans la balance.

CHAPITRE 12

Vrai ou faux?

Depuis quelques mois, Élise barrait, au crayon feutre cramoisi, les jours sur le calendrier qu'elle avait fabriqué et suspendu à la porte de sa chambre. Elle attendait avec impatience la fin des cours avant la semaine de relâche. Sa valise était prête depuis longtemps déjà. Toutes les conditions avaient été remplies. Grâce à Julien, les parents de Grégoire et de Sophie avaient permis qu'ils fassent partie du voyage. La veille du départ pour Francfort, Élise faisait ses derniers préparatifs, lorsqu'elle entendit sa mère frapper à la porte de sa chambre.

— Entre, maman.

— As-tu besoin d'aide avec ta valise?

— Non, ça va. Elle n'est pas trop bourrée. Je vais pouvoir la boucler sans m'asseoir dessus.

Un léger sourire effleura le visage de sa mère.

— Il faut qu'on soit à l'aéroport deux heures avant le vol, qui est... Laisse-moi voir ton billet.

Élise tira le document de son sac à dos.

— C'est bien ça. Le vol est à dix-neuf heures. Tu es certaine de n'avoir rien oublié? Tu as ton passeport?

– Oui, maman.

– Tu as l'argent de poche que je t'ai donné ?

– Oui, maman.

– Assure-toi d'aller au lit à une heure raison-nable. Je ne veux pas que tu passes une autre de tes nuits blanches. On reverra ta liste une dernière fois demain matin, à tête reposée.

– Oui, maman.

– Bonne nuit, ma chouette.

Élise fit un pas vers sa mère pour l'embrasser :

– Maman, merci pour tout.

N'étant jamais monté à bord d'un avion, Grégoire ne savait par quel bout commencer. Sophie lui avait dit d'apporter une seule valise, puisqu'ils ne séjourneraient en Europe que sept jours. Autre-ment dit, il allait devoir apporter des vêtements. La mode était le moindre de ses soucis.

Il examina le contenu de sa chambre, en se demandant quels objets indispensables de ses collections seraient du voyage. Depuis quelque temps, son espace ressemblait au pays des mer-veilles d'Alice : tout refoulait à mesure qu'il gran-dissait. Même son lit et ses murs se resserraient. Il en avait tapissé chaque centimètre d'affiches de fouilles archéologiques célèbres, qui avaient livré les grands trésors du monde : le sarcophage de la Vallée des Rois de Toutânkhamon, les drakkars des Vikings, l'armée de terre cuite du mausolée de l'empereur Qin, le squelette de Lucy, Pompéi, Stonehenge, Machu Picchu – la Cité sacrée des Incas – et bien sûr, les géoglyphes de Nazca, au

　　　　　　　　　　Élise et Beethoven

Pérou. Il pensait enrouler quelques-unes de ses affiches en les attachant avec une bande élastique, mais dans sa petite valise, elles seraient écrasées et froissées comme du papier de soie.

– Pas une bonne idée, reconnut-il.

Dans le placard, se trouvaient des bacs en plastique remplis de ses nombreuses collections : ses t-shirts, ses frisbees, les billes que son père lui avait données et ses cartes Yu-Gi-Oh!, accumulées depuis ses six ans. Sous le lit, d'autres bacs renfermaient d'autres trésors, comme ses rondelles de hockey et ses balles de tennis géantes, signées par les grandes vedettes. Il y avait rangé aussi ses cartes de joueurs de hockey autographiées, dont il avait vendu une partie pour acheter l'ordinateur portable de son prof de chimie, pour 350 $. Il mit son iBook dans sa valise, puis téléphona à Sophie.

– Salut, c'est moi. Je n'arrive pas à me décider sur ce que je devrais mettre dans ma valise.

– As-tu ta brosse à dents ?

– Oui.

– Et du dentifrice ?

– Oui.

– N'apporte ni savon ni shampoing, il y en aura à l'hôtel. Qu'est-ce que tu as comme vêtements ?

– J'ai un chandail, une paire de jeans, une partie de ma collection de t-shirts.

– Tu as des bobettes pour dix jours ?

– Deux paires, c'est pas assez ?

– Non, Greg, il t'en faut une paire pour chaque jour. Ah! Les gars! Tu devrais apporter un survêtement avec un capuchon, un chandail, des bas, au moins deux paires de *runnings*. On va beaucoup marcher là-bas... et une casquette, en cas de pluie.

— Je n'aurai pas assez de place pour tout ça ! Je sais, je vais utiliser mes bobettes pour emballer mon ordinateur...

— Ton ordinateur ! Ne le mets pas dans ta valise, mets-le dans ton sac à dos. Tu dois l'apporter avec toi dans l'avion.

— Ah ! Je n'étais pas trop certain de pouvoir l'apporter, parce que c'est un outil électronique, et avec toutes ces histoires de terroristes et de bombes dans leurs souliers et leurs caleçons, on ne sait jamais.

— Grégoire, pour un gars si bollé, t'es pas mal débile des fois ! Surtout, n'oublie pas ton passeport.

— Non, non, ça va, je ne l'oublierai pas. Merci Sophie, à demain.

— Salut, à demain.

Grégoire raccrocha, puis sortit son portable et le mit dans son sac à dos. Il le remplaça dans sa valise par deux chemises, un jeans, cinq autres paires de caleçons imprimés camouflage, son pyjama Indiana Jones et son passeport. Ses bagages étaient prêts.

Le lendemain, Élise noua ses cheveux en chignon et s'habilla d'un jeans, d'un t-shirt et d'un blouson de cuir. Elle enfila ses espadrilles vert pomme et jeta un dernier coup d'œil à sa liste, pour s'assurer de n'avoir rien oublié. Elle boucla sa valise. Puis elle descendit à la cuisine. Sa mère lui offrit un fruit et une bouteille d'eau, qu'Élise prit avec elle dans la voiture. Sarah chargea l'énorme malle dans le coffre arrière et s'installa derrière le volant.

— Ta valise pèse une tonne !

— Une fille ne peut pas voyager sans au moins six paires de souliers !

— Je suis parfaitement d'accord.

Toutes deux échangèrent un sourire en coin, qui se transforma en fou rire. Sarah embraya. À l'aéroport, Élise s'empressa de mettre sa valise et son sac à dos sur un chariot.

— Tu m'attends ici, je vais garer la voiture.

Sarah insista pour l'accompagner jusqu'au comptoir d'Air Canada, où ses amis l'attendaient avec impatience. Julien leur ouvrit les bras.

— Vous arrivez juste à temps. Vous avez vos passeports, tout le monde ?

— Oui, répondirent les trois ados, en chœur.

Tout le monde s'affaira à sortir billets et documents, puis fit la queue au comptoir d'enregistrement des bagages. Élise embrassa sa mère une dernière fois, l'assura que tout allait bien se passer et lui promit d'écrire un mot chaque soir.

— Je vous souhaite à tous de faire un bon voyage, dit Sarah.

— Tu as un mot pour papa ? demanda Élise.

— Je lui souhaite de trouver ce qu'il cherche depuis si longtemps.

Sarah se dirigea vers la sortie, se retourna et leur fit un signe de la main.

La bande se rendit à la porte d'embarquement, après avoir présenté chacun sa carte de vol et passé sans difficulté le poste d'inspection-filtrage de l'aéroport. Ils venaient à peine de s'installer dans le salon des voyageurs, quand Élise poussa Julien du coude pour lui chuchoter à l'oreille :

— Regarde, l'homme qui nous a suivis à la sortie du café Cumulus. Il était dans le métro.

– Tu en es certaine ?

– Oui, c'est lui. Il ne porte pas son chapeau, mais il a le même imperméable gris.

– Qu'est-ce qui se passe ? demanda Sophie.

– Tu vois l'homme assis au fond, là-bas ? Il nous a suivis, Julien et moi, après notre rencontre au Café Cumulus. Il nous a filés dans le métro. Nous avons réussi à le semer en prenant un taxi.

– Attendez-moi ici, ordonna Sophie, sur le ton d'un enquêteur.

Elle se leva, fit semblant de se diriger vers les toilettes et, tenant son iPhone comme si elle envoyait un texto, elle prit la photo du suspect. Puis, elle vint rejoindre le groupe.

– Grégoire, tu as ton ordinateur ?

– Oui. Qu'est-ce que tu manigances ?

– Suis-moi. Je vais faire une petite recherche sur notre bonhomme.

Les deux adolescents s'installèrent à une borne d'accès pour l'ordinateur. Sophie cliqua sur le site d'Interpol et ouvrit les *Avis Rouge*, contenant les dossiers des criminels recherchés sur la scène internationale. Elle compara la photo qu'elle avait prise à celles des individus fichés sur le site. Elle lut, écrit en grosses lettres, qu'il s'appelait Hans Schultz et qu'il était recherché pour une brochette de crimes : kidnapping, vols d'objets d'art, chantage et une longue liste d'escroqueries.

– Il faut aviser les autorités de la présence de cet homme, résolut Sophie.

– Élise avait raison de s'inquiéter, c'est un personnage pas mal louche, confirma Grégoire, en revenant s'asseoir avec Élise et Julien.

Quelques minutes plus tard, on demandait au passager Hans Schultz de se présenter au comptoir.

Après une brève discussion avec l'agent, deux représentants du service de sécurité lui menottèrent les mains derrière le dos et l'escortèrent hors du salon des passagers. Grégoire, Julien, et Élise restèrent tous trois bouche bée devant le déroulement de cette arrestation. Sophie leur souriait, comme un gros chat satisfait d'avoir attrapé sa proie. Les questions fusaient de toutes parts, lorsque le craquement du système de diffusion publique mit fin à leur jacassement.

— Mesdames et Messieurs, nous nous excusons du ce bref contretemps. Nous procéderons maintenant à l'embarquement du vol 627, à destination de Francfort. Veuillez avoir en main votre carte d'embarquement ainsi que votre passeport ouvert à la page de la photo. Nous invitons les passagers qui voyagent avec de jeunes enfants ou qui ont besoin d'aide à se présenter au comptoir. Les passagers voyageant en classe affaires et en première classe sont priés de monter à bord...

CHAPITRE 13

Hansel et Gretel

À la sortie de l'aérogare de Francfort, six heures plus tard, Julien et sa bande montèrent dans la limousine qui les attendait, sans se douter qu'on les espionnait. À quelques mètres en effet, était stationnée une énorme Mercedes noire aux vitres teintées. Gunther Heinz, un associé de Hans Schultz, suivait chacun de leurs mouvements à l'aide de puissantes jumelles.

— Il ne faut pas les perdre de vue, dit-il à son chauffeur, qui acquiesça.

Puis, Gunther Heinz prit son téléphone.

— Chef, c'est moi. Ils viennent d'arriver. Oui, je comprends. Je vais les suivre. Il y a le prof de musique et trois adolescents avec lui. Je n'ai pas encore repéré le mec des partitions. Oui, chef, je comprends. Il faut à tout prix les en empêcher. Oui, chef ! Hans ? Je ne l'ai pas vu. Pourtant, il devait être sur le même vol que les autres. Oui, chef !

Gunther Heinz terminait son appel, lorsqu'il vit la limousine prendre la direction de l'*autobahn*.

— Suivez cette voiture, ordonna-t-il à son chauffeur.

— D'après la route qu'ils ont empruntée, je crois qu'ils se dirigent vers Bonn.

— Excellent ! Et je parie qu'ils iront directement à la maison de Beethoven.

— Tu parles ! J'ai toujours voulu faire une balade en limousine et, en plus, je vais la faire sur l'autoroute la plus rapide du monde. Mes amis vont être jaloux quand je vais leur raconter ce que j'ai fait pendant ma semaine de relâche.

— Quels amis, Grégoire ? blagua Sophie, en pouffant de rire.

— Julien, il n'y a vraiment aucune limite de vitesse sur cette route ?

— Non, Élise. Les gens ici font normalement du 140 à l'heure, mais il n'est pas rare de les voir rouler comme cette Porsche, qui vient de nous dépasser à plus de 180.

— Ils sont fous !

— Pas vraiment. Les Allemands ont mis au point quelques-unes des meilleures voitures au monde. Tu connais la BMW, la Porsche et la Mercedes ?

— Oui, bien sûr.

— Ils ont construit des routes parfaitement adaptées à ce genre de vitesse et ils n'ont pas les hivers que nous avons, avec toute la neige et la glace qui rendent la chaussée dangereuse. En plus, les distances entre les villes sont bien moindres. L'Allemagne couvre un peu plus du trentième de la superficie du Canada.

— On n'a pas l'impression que c'est si petit.

Pendant ce temps, Sophie et Grégoire s'amusaient avec tous les boutons, les manivelles et les compartiments secrets qu'ils pouvaient trouver. Le chauffeur avait emprunté la route 3 en direction nord-est, vers Bonn. Après une trentaine de kilomètres, Sophie, qui avait fini par dormir, se réveilla et claironna :

— Hé ! Regardez ! C'est le village de Hansel et Gretel !

La limousine venait d'entrer dans le village d'Idstein, parfaitement préservé depuis le XIIe siècle, avec son château et ses maisons à colombages. Les trois ados sortirent leur téléphone pour prendre des photos. Après cet arrêt, ils notèrent le nom des villages et des cours d'eau le long du parcours, à leurs yeux tous plus beaux les uns que les autres. Il y avait tellement de choses à voir dans ce coin de pays vallonné. À force de regarder tantôt à droite, tantôt à gauche, ils contractèrent presque un torticoli. Vers onze heures, la limousine entra dans la ville de Bonn.

— Quelle ville magnifique ! dit Sophie.

— Je m'attendais à un autre village des Frères Grimm, observa Élise, mais c'est une vraie ville.

— Est-ce qu'on aura le temps de la visiter ?

— Oui, Grégoire, promit Julien, mais nous ne sommes pas ici en touristes.

— Tu te souviens ? On a une mission à remplir, insista Sophie.

— Et moi, je dois participer à un concours. Je veux seulement vous le signaler, mais je pense qu'il faudrait commencer par visiter la maison de Beethoven.

— Oui, oui, la pianiste ! Tu veux dire la maison où Beethoven a grandi ?

– Oui, naturellement, tu as des objections, l'amateur de roches ?

– Quoi ? Visiter une vieille maison et voir de vieux meubles ? Ce n'est pas de cette façon que nous trouverons ce que nous cherchons, maugréa l'archéologue en herbe.

– Ce que tu peux être nono, des fois, protesta Sophie. C'est justement en suivant la trace de sa vie, que nous allons trouver toutes sortes d'indices pour résoudre notre énigme.

La limousine s'immobilisa soudain au cœur de la ville. Les adolescents se bousculèrent pour en sortir, ce qui mit fin à leur discussion. Debout sur le parvis de l'hôtel, Élise, Grégoire et Sophie levèrent la tête. Il y eut alors un grand « WOW ! ».

CHAPITRE 14

Perdu et retrouvé

Le portier du Kameha Grand Bonn, un hôtel cinq étoiles situé au cœur de la ville sur les berges du Rhin, était à son poste, vêtu de son uniforme bleu cobalt à épaulettes et galons dorés, prêt à assurer le meilleur accueil aux clients. Il s'empressa de leur souhaiter la bienvenue.

— *Guten Morgen, meine Damen und Herren. Willkommen zu unserem Hotel.*

— *Guten Morgen*, répliqua Grégoire, fier de mettre en application les connaissances acquises pendant les cours d'allemand, qu'il prenait depuis le semestre d'automne.

— Julien, c'est toi qui as réservé cet hôtel ?

— Non, Sophie, c'est le comité organisateur du concours auquel Élise doit participer.

— Ils n'ont pas lésiné sur la qualité.

— J'ai rempli la documentation qu'ils m'ont fait parvenir et j'ai dit que nous serions une petite délégation du Canada. Je ne m'attendais pas à un hôtel aussi huppé.

Julien se rendit à la réception pour vérifier leurs réservations, s'inscrire, déposer les passeports et obtenir les clés des chambres.

Ultramoderne, l'hôtel offrait tous les luxes. Chaque chambre donnait accès à un salon communautaire, où trouver confort et divertissement. Grégoire y découvrit une table de *fussball* et des jeux de toutes sortes, Élise un piano à queue et Sophie, un ordinateur muni de tous les programmes possibles pour faire ses recherches en criminologie.

Simon se trouvait déjà au salon et tournait en rond comme un ours en cage. En le voyant, Élise laissa tomber ses valises et courut vers lui.

— Papa ! s'écria-t-elle, en lui sautant dans les bras.

— Élise ! Comme tu es belle ! Laisse-moi te regarder.

— Papa, tu m'as tellement manqué...

Ne voulant pas interrompre les retrouvailles, les autres s'empressèrent de gagner leur chambre pour y défaire leurs valises et ensuite, descendre à la salle à manger.

— J'ai beaucoup à me faire pardonner, mais je veux que tu saches que je n'ai jamais cessé de t'aimer. J'ai essayé, par tous les moyens, de continuer à faire partie de ta vie, mais ta mère s'y opposait. Intransigeante, elle multipliait les prétextes pour empêcher mes visites et tout autre contact avec toi. Alors, j'ai abandonné et je suis parti m'installer en France.

Simon prit une boîte sur une table derrière lui et l'offrit à sa fille.

— Prends, c'est pour toi.

— Qu'est-ce que c'est ?

— Ouvre, tu vas comprendre.

Élise ouvrit la boîte et y trouva toutes les lettres que son père lui avait écrites pendant ses années en exil.

— Elles me sont adressées ?

— Pendant sept ans, je n'ai jamais cessé de t'écrire, pour ton anniversaire, à chaque Noël et pour tes succès dans tes récitals de fin d'année, dont Julien me tenait au courant.

— Mais je ne n'en ai reçu aucune !

— Tu vois, chaque lettre porte la date où elle fut postée et le tampon « Renvoi à l'expéditeur ».

— Comment a-t-elle pu me faire une chose pareille ? Elle a aussi caché le piano que tu m'avais laissé et refusait de m'expliquer la raison de votre séparation, jusqu'au jour où j'ai découvert ce qu'elle cachait au grenier. J'ai aussi retrouvé tes cahiers de notes.

— Alors, tu es au courant de tout, maintenant.

— Oui, mais je ne pourrai jamais lui pardonner d'avoir fait ça.

Élise se mit à pleurer de rage. Simon la prit doucement dans ses bras.

— Il serait bon que tu lises mes lettres, tu verrais peut-être les choses différemment. Donne-toi quelques jours... Ta mère désirait te garder toute pour elle, il ne faut pas lui en vouloir. Elle ne voulait pas que tu deviennes musicienne. Elle aurait préféré médecin, avocate ou architecte. Elle souhaitait une vie plus facile pour toi.

— Pourtant, elle me harcelait pour que je fasse mes gammes !

— La contradiction est à l'œuvre dans toutes choses. Nous, les adultes, sommes tiraillés entre l'être et l'avoir. D'une part, ta mère voulait que tu sois autre chose qu'une musicienne et d'autre part, elle voulait que tu réussisses. Difficile à saisir, hein ?

Élise hocha la tête.

— Allons, essuie tes larmes. Il faut nous préparer pour rejoindre nos amis. Ils ont sans doute une faim de loup après ce long voyage, ne les faisons pas attendre.

Élise acquiesça et lui sourit, puis elle prit sa valise et se dirigea vers sa chambre pour y ranger ses affaires et se laver le visage. Elle aurait voulu raconter à son père, d'un trait, tout ce qu'elle avait fait depuis qu'il avait quitté la maison, mais elle savait qu'au cours de la semaine, des moments précieux se présenteraient pour refaire connaissance et reprendre le temps perdu. Elle en avait beaucoup sur le cœur.

Installés à une grande table dans la salle à manger, Julien, Grégoire et Sophie discutaient des retrouvailles, impatients de savoir si tout s'était bien déroulé. À leur insu, attablé non loin du groupe, Gunther Heinz lisait un journal ; il portait des écouteurs imitant ceux d'un iPhone, mais qui amplifiaient la conversation de ses voisins.

Élise et Simon approchèrent de la table en se tenant par la main. Julien se leva pour leur tendre les bras et suggéra :

— Élise, veux-tu faire les présentations ?

— Oui, bien sûr.

Elle semblait avoir les yeux rougis, mais ses amis ne l'avaient jamais vue aussi heureuse.

— Papa, je te présente mes amis Grégoire et Sophie. C'est grâce à eux et à Julien que nous sommes ici aujourd'hui. Ils m'ont expliqué comment prouver que les documents en ta possession sont bien de la main de Beethoven. Grégoire et Sophie, je vous présente mon père, Simon Poirier.

— Je suis très heureux de faire votre connaissance. Julien m'avait dit que vous alliez vous joindre à nous pour nous prêter main-forte.

— Je ne sais pas si nous serons d'une grande utilité, dit Sophie.

— Elle a déjà réussi à mettre la main au collet de Hans Schultz, un criminel recherché par Interpol, précisa Julien.

À la table voisine, Gunther Heinz s'étouffa avec une gorgée de café.

— Quel imbécile, ce Schultz! Se faire repérer par une adolescente, marmonna-t-il entre ses dents, lorsqu'il reprit son souffle.

— Tu es bien brave, Sophie.

— Merci, Monsieur Poirier. C'est un coup de chance. J'ai voulu simplement connaître l'identité du personnage louche qui avait suivi Élise et Julien dans le métro.

— Bon, intervint Julien, je propose qu'on prenne un bon dîner et qu'on se rende ensuite au Beethoven Haus. Simon et moi avons rendez-vous plus tard cet après-midi avec le Dr Karl Blunier, directeur musical général de l'Orchestre Beethoven. Vous trois pourriez revenir à l'hôtel en taxi et profiter de la piscine sur le toit, avec une vue magnifique sur la vallée et les sept collines qui bordent la ville. Nous sortirons pour le souper, vous aurez l'occasion de goûter à la riche cuisine allemande. Ça vous va?

Tout le monde sembla d'accord. Pendant le repas, la conversation porta sur le concours auquel Élise devait participer. Les jeunes sortirent leur téléphone pour informer leurs parents qu'ils étaient arrivés à bon port, que tout se passait bien et que l'hôtel où ils allaient habiter dépassait leurs attentes.

À la fin du repas, Simon et Julien se disputèrent l'addition.

– Laisse, je m'en occupe, conclut Julien, et je vous retrouve dans le hall d'entrée.

Gunther Heinz paya son café, mais avant de quitter le restaurant, il fit un appel téléphonique. Armé d'informations très utiles, il attendit que la voix à l'autre bout du fil lui dicte son prochain coup.

Avant de quitter l'hôtel pour le musée, Élise se procura une carte de la ville et un dépliant sur la maison natale de Beethoven. Le groupe emprunta le Königwinterer Strasse, puis le Rudolph-Hahn Strasse, qui les mena à un chemin le long du Rhin. Vingt minutes plus tard, ils traversèrent le pont Kennedy, pour ensuite se joindre à une centaine de touristes déjà en file. La queue serpentait à l'extérieur, en suivant plusieurs rues du quartier.

– Pourquoi ces gens se bousculent-ils au portillon ? Ce n'est pas La Ronde et je ne vois aucun manège.

– Non, Grégoire, mais tu te tiens devant la maison où Beethoven a grandi et tu visiteras bientôt la chambre où il a dormi, lui apprit Sophie. Qui sait, on y verra peut-être les encriers et le papier qui ont servi à ses premières compositions ?

— Je fais le piquet pour voir une vieille maison remplie de vieux meubles !

— Écoutez, vous deux. Je vais vous lire la description du musée.

— Si tu insistes Élise, consentit Grégoire, en levant les yeux au ciel.

— La maison natale de Beethoven, située au 1 rue Bonngasse, est maintenant joliment entretenue et restaurée. Le grand compositeur y est né le 17 décembre 1770. Aujourd'hui, la résidence transformée en musée recèle de nombreux objets et des documents relatifs à Ludwig van Beethoven. La maison est bâtie sur trois étages.

— Chouette, trois étages de vieux meubles ! se lamenta Grégoire.

— Oui, justement, le raisonna Sophie, un peu exaspérée. Jusqu'à ce que nous arrivions à prouver l'authenticité des documents, chaque objet peut nous donner d'autres indices et peut-être même la clé que nous cherchons.

— Une vieille chaise peut-être, ou un tabouret ? grommela Grégoire, incrédule.

— Peut-être, reprit Julien, qui avait entendu des bribes de leur discussion. Il faut garder les yeux et l'esprit ouverts... travailler en équipe. Nous sommes seulement au début de nos recherches.

— Le musée contient des lettres, des partitions pour piano, des tableaux, des sculptures, des instruments de musique et de nombreuses informations relatives au compositeur et à ses proches, lut encore Élise.

— Mais aucun os, déplora Grégoire.

— Patience, l'encouragea Sophie.

Une heure plus tard, ils passèrent enfin le seuil et commencèrent la visite des premières pièces, au rez-de-chaussée. L'atmosphère renfermée de cette maison fit éternuer Grégoire à plusieurs reprises. Somme toute, il avait préféré faire le pied de grue à l'air frais. De plus, il détesta se faire bousculer par la meute de touristes en pâmoison devant chaque nouvel objet qui s'offrait à leurs yeux. Le large troupeau avançait en se traînant les pieds, suivant un sentier étroitement tracé par des cordons de velours, qui empêchaient les visiteurs de toucher ou de subtiliser certains objets convoités. Un touriste français pleurait à chaudes larmes devant le piano de Beethoven.

— Ne vous en faites pas, le consola Grégoire, la visite achève.

Sophie tira doucement son ami par la manche.

— Eh ! Tourne la tête et fais semblant de rien, mais regarde bien l'homme qui s'est arrêté pour examiner les meubles du petit salon, derrière nous. Il porte un complet noir et il a les mains très poilues. Le reconnais-tu ?

— Oui, je l'ai déjà vu dans un film de loup-garou. Les mains changent en premier, non ? Ce soir, c'est la pleine lune, n'est-ce pas ?

— Ah ! Grégoire, arrête de faire le cave, et sois sérieux !

— Non, je ne l'ai jamais vu.

— Je suis certaine de l'avoir remarqué à la table voisine de la nôtre, au restaurant de l'hôtel.

— Oui, peut-être et, par pure coïncidence, il se trouve dans cette brocanterie en même temps que nous.

– Pense un peu, il nous regardait sans arrêt, comme s'il voulait suivre notre conversation.

– Tu t'imagines des choses. Si je voulais me faire passer pour un espion, j'aurais choisi un costume beaucoup plus chic ! Il fait un peu trop gangster, tu ne trouves pas ?

– Grégoire, tu m'énerves à la fin. Élise, tu vois l'homme derrière nous ?

– Oui.

– N'était-il pas assis à la table à côté de nous pendant le dîner ?

– Tu as raison, Sophie. Vas-tu prendre sa photo, comme tu l'as fait pour ce Schultz ?

– Bonne idée, je vais essayer.

Sophie tira son mobile de sa poche de chandail, l'ouvrit et le braqua sur Gunther Heinz, qui jouait au touriste. Elle prenait une première photo, lorsqu'elle entendit un agent de sécurité s'écrier :

– *Nein ! Nein ! Machen der Fotos ist im Museum verboten !*

Dans son énervement, elle appuya de nouveau sur le symbole de l'appareil, dont le flash capta le visage menaçant du gardien, en plus de celui de Gunther Heinz, cette fois en arrière-plan. Les trois adolescents et leurs chaperons se retrouvèrent sur le trottoir, bien avant la fin de la visite, sous la menace de se faire confisquer leur appareil photo et de payer une forte amende, s'ils remettaient les pieds au Beethoven Haus.

Élise crut entendre le rire du Maître, provenant d'une des fenêtres du premier étage.

– Sophie, qu'est-ce qui t'a pris de croire que tu pouvais prendre des photos dans ce musée ? s'énerva Julien.

— Justement, je n'ai pas pensé. Je croyais avoir remarqué ce bonhomme au dîner et je l'ai photographié. Il me semblait un peu louche qu'il se trouve aussi au musée en même temps que nous.

— Voyons donc ! Il est sans doute client de l'hôtel et touriste, comme nous.

— Ça, c'est une visite à mon goût, se félicita Grégoire, *short and sweet !*

— Ah ! Tu m'exaspères à la fin, protesta Sophie.

— Ben quoi ? Ce n'est pas dans ce magasin de meubles antiques que nous allons trouver la clé de l'énigme. Il faut plutôt fouiller dans les archives et dans les coffres-forts, où on cache d'habitude les objets les plus rares et les plus précieux, une fois qu'on les a déterrés.

— Oui, c'est ça, le « geek » d'archéologie, tu penses toujours à faire des fouilles.

— Tu sauras, Sophie Langlois, la « geekette » du crime et de l'espionnage, que c'est justement en creusant qu'on trouve les réponses.

— Je suppose que tu veux aussi qu'on exhume quelques ossements ? proposa Élise, narquoise.

— Ça ne serait pas une mauvaise idée, approuva son ami, en se frottant les mains.

Grégoire regarda Sophie et le même déclic se fit dans leur tête.

— Avec les os de Beethoven, on pourrait prouver à 100 % l'identité du compositeur par son ADN, s'exclamèrent-ils, à l'unisson.

— Papa et Julien, vous avez entendu ? Il faut demander au Dr Blunier s'il peut nous aider à fouiller dans les archives, les réserves et les chambres fortes du musée. Nous devons essayer de trouver un spécimen qui provient du corps de Beethoven.

– Vous voulez dire des cheveux, des dents ou des os ? s'enquit Julien.

– Je sais que des échantillons de ses cheveux existent, dit Simon, mais les os, c'est autre chose. Il faudra aller sur Internet.

– Nous allons poser des questions au Dr Blunier, promit Julien, mais vous trois, vous allez commencer vos recherches en rentrant à l'hôtel.

– Moi qui espérais flotter dans la piscine tout l'après-midi, regretta Grégoire.

– Tu pourras flotter tant que tu voudras, après qu'on aura trouvé ce que l'on cherche, dit Sophie.

– Oui, patron, fit Grégoire en montant dans le taxi que Julien venait de héler.

– C'est génial ton idée des os, dit Élise en prenant place à côté de lui.

– Oui, je suis entièrement d'accord, approuva Sophie, en examinant la photo qu'elle avait prise dans le musée. Je vais voir d'abord si cet énergumène est un client de l'hôtel, comme Julien le croit. J'ai besoin d'une preuve.

Elle referma la portière. Dans son meilleur allemand, Grégoire donna l'adresse au chauffeur et le taxi démarra. Julien et Simon se dirigèrent vers les bureaux de l'Orchestre Beethoven de Bonn, pour y rencontrer le Dr Karl Blunier, à quinze heures.

CHAPITRE 15

Un kidnappeur maladroit

Élise et Grégoire se poussèrent pour sortir les premiers du taxi, tandis que Sophie fouillait dans les poches de ses jeans, pour en extraire l'argent de leur course. Dans sa hâte, elle laissa par mégarde son téléphone sur la banquette arrière. Monnaie en main, elle émergea du côté de la rue. Comme elle s'affairait à payer, une grosse Mercedes noire vint se garer derrière le taxi. Distraite, Sophie comptait un par un les euros qu'elle remettait au chauffeur, qui commençait à s'impatienter. Elle ne se rendit pas compte que la Mercedes s'était avancée, la coinçant entre les deux véhicules maintenant côte à côte.

— Attendez-moi, cria-t-elle aux deux autres, déjà sur le point d'entrer dans l'hôtel.

— Grouille! la pressa Grégoire.

— Tiens ta tuque, j'arrive!

— Veux-tu que je t'aide à compter tes cents?

Sophie n'eut ni le temps de finir la transaction ni celui de répondre. Une énorme main velue l'empoigna, pour l'entraîner de force dans la Mercedes. Sophie mordit de toutes ses forces. L'homme hurla et lâcha prise. Elle lui administra un coup de karaté bien placé, qui rejeta son assaillant dans le fond de la Mercedes. La portière se referma et la voiture des malfaiteurs démarra à toute allure, ne laissant traîner que l'odeur et les traces des pneus surchauffés.

Affolée, Élise courut en direction du taxi immobilisé, en s'imaginant que son amie avait disparu.

— Sophie ! Sophie !

— Ça va ! Ça va ! Je suis là. Je me suis seulement cogné la tête sur la carrosserie, en tombant.

Grégoire vint les rejoindre. Il était blanc comme un cachet d'aspirine et tremblait de tous ses membres.

— C'est l'homme… qui était au musée ce matin. J'ai vu… sa grosse… main poilue… lorsqu'il a agrippé… Sophie.

— Tu es certain que c'est lui ?

— Oui, oui, c'était bien lui, confirma la presque kidnappée. J'ai reconnu le tissu rayé blanc et noir de son veston.

Elle récupéra son cellulaire sur la banquette, avant que le chauffeur ne sorte de ses gonds.

— Attendez un instant, dit-elle en ouvrant son téléphone, nous allons vérifier.

Lorsque la photo qu'elle avait prise au musée apparut à l'écran, elle la montra à ses deux amis.

— C'est bien lui, confirma Grégoire.

— Qu'est-ce qu'on fait maintenant ? Papa et Julien sont en réunion et on ne connaît personne ici.

— Surtout, ne paniquons pas. J'aimerais bien savoir où habite ce kidnappeur. Que diriez-vous de sauter dans le taxi et d'essayer de les suivre ? Grégoire es-tu *game* ?

                    Élise et Beethoven

– Impossible, Sophie, la Mercedes est déjà loin. Il faut trouver un autre moyen.

Le portier, qui avait vu la scène, empêcha le taxi de quitter les lieux et contacta immédiatement les policiers, qui arrivèrent à l'hôtel en l'espace de quelques minutes. Les agents prirent les témoignages d'Élise, de Grégoire et de Sophie. À l'aide de la photo, Gunther Heinz fut immédiatement identifié. Il était déjà fiché, pour avoir commis des larcins à la tonne. Les adolescents furent avisés de ne pas quitter l'hôtel jusqu'au retour de Julien et de Simon, que les autorités comptaient avertir. Élise battait déjà la semelle dans le foyer de l'hôtel.

– Les amis, il faut que je retourne au musée.

– Élise, sois raisonnable. Ils ne te laisseront jamais entrer après l'incident avec Sophie. Et si les kidnappeurs étaient toujours dans les parages ?

– Je vais prendre un taxi. Si je ne suis pas de retour dans une heure, vous enverrez Julien et papa au musée.

– En leur disant quoi ? argumenta Grégoire. Que tu n'as pas suivi l'ordre donné par les policiers de rester sur les lieux du crime ?

Élise leur promit de revenir à l'heure prévue et sauta dans un taxi qu'elle héla du trottoir. Devant le musée, elle sortit le billet d'entrée qu'elle avait par chance enfoui dans la poche de son veston. Dans la file, elle repéra un groupe de lycéennes, cahiers et crayons en main. C'était l'occasion idéale. Souriant à une des étudiantes, elle se fondit dans le groupe. Le garde de sécurité qui avait escorté

Sophie et sa bande vers la sortie pour avoir utilisé
une caméra dans le musée, se chamaillait avec un
groupe de touristes japonais, qui s'en donnaient à
cœur joie avec leurs appareils photos. Les flashs
fusaient de toutes parts, éblouissant le fonction-
naire, qui s'égosillait à leur interdire de prendre
des photos. Plus il criait, plus les visiteurs japonais
croyaient qu'il voulait se faire photographier.

Élise présenta son billet au guichetier et fut
admise avec les autres. Tout semblait normal, mais
elle se dit : « Un mirage peut cacher beaucoup de
dangers, restons sur nos gardes. » Elle prit son courage à deux mains et quitta les étudiantes qui lui
avaient fourni le camouflage parfait. Elle balaya
du regard chaque corridor et chaque pièce. Celui
qu'elle cherchait n'était pas au salon où se trouvait
le piano. Elle monta au premier étage, il n'y était
pas non plus. Presque à bout de souffle, elle gravit
le dernier escalier et vit un homme assis derrière
un petit bureau, en train de relire la partition qu'il
venait d'achever. Il tenait encore sa plume entre
ses doigts tachés d'encre.

— Ah! Vous voilà enfin. J'ai besoin de votre
aide!

— Tu veux retrouver le ravisseur qui a essayé
sans succès d'enlever Sophie? dit Ludwig, en
posant sa plume. Ne t'en fais pas, les policiers l'ont
déjà appréhendé. Il s'appelle Gunther Heinz.

— Comme le ketchup?

— Le quoi?

— Rien, rien...Comment les policiers l'ont-ils
rattrapé?

— Cet homme faisait la visite du musée, comme
vous, au début de l'après-midi, n'est-ce pas?

— Oui. Sophie a cru le reconnaître.

                                   Élise et Beethoven

— Elle a eu aussi la présence d'esprit de prendre sa photo, avec de bien fâcheuses conséquences, se remémora Ludwig, en rigolant.

— Voilà que vous riez à nouveau de notre expulsion ?

— À nouveau ?

— Lorsqu'on nous a foutus à la porte, je vous ai entendu distinctement ricaner de votre fenêtre. J'avoue ne pas voir ce qu'il y avait de comique là-dedans.

— Ne te fâche pas. Le fait que Sophie ait pris la photo de cet individu a bien facilité la tâche des gendarmes, dit Ludwig, qui souriait toujours.

— Pourquoi a-t-on essayé de l'enlever ?

— Ce voleur d'enfants a sans doute fait erreur. C'est toi qu'il voulait.

— Moi ? Mais pourquoi ?

— Des bandits sont à la recherche des partitions que ton père a entre les mains.

— Avec moi comme otage, ils auraient eu la garantie que mon père allait donner n'importe quoi pour me retrouver, moi qui suis la prunelle de ses yeux ?

— Exactement !

— Si Sophie n'était pas la bonne personne, ils auraient pu décider de la...

— Ne t'inquiète pas, elle est plus rusée que tu ne le crois. Les crapules de ce genre finissent toujours par se faire déjouer.

Le téléphone d'Élise vibra. Elle y lut un texto de Grégoire.

Kestufou ?
Viens vite !
Greg

Elle lui répondit :

> Chui la ds 5mn
> Élise ☺

— Je dois rentrer à l'hôtel, avant que Grégoire panique.

— Ce garçon n'aime pas mes vieux meubles, semble-t-il ? Étrange comportement pour un mordu d'archéologie.

— Il aime mieux déterrer et étudier les ossements. Humm… un peu macabre comme passe-temps, je l'admets.

— Tu lui diras que j'aurais bien voulu me moderniser, mais que j'ai eu un petit contretemps.

Élise lui sourit, puis le vit s'estomper. Elle sortit du musée avec le même groupe de filles. Une fois dehors, elle se sentit de nouveau vulnérable. Y avait-il d'autres kidnappeurs prêts à lui sauter dessus ? Quelle était la chose la plus cauchemardesque qui puisse lui arriver au cours de cette chasse au trésor ? Elle préféra bannir cette idée de son esprit et se dire qu'il fallait faire confiance au Maître, qu'il était son ange gardien et qu'il lui viendrait en aide comme promis.

Le taxi déposa Élise devant l'hôtel. En payant le chauffeur, elle s'assura qu'il n'y avait aucune Mercedes noire dans les parages. Elle entra dans le lobby, où Sophie et Grégoire se prélassaient, parfaitement à l'aise sur les divans de cuir blanc. Ils riaient aux éclats. Élise se laissa choir sur une chaise en forme d'œuf.

– Vous ne semblez pas prendre cet attentat trop au sérieux. L'histoire aurait pu mal tourner.

– Je le sais Élise. J'ai eu la peur de ma vie, mais ce Heinz n'a pas réussi à m'agripper.

– O.K. les filles. Prenons ça *cool*. Moi aussi j'ai eu la peur de ma vie.

Tous trois s'esclaffèrent, nerveusement.

Des pas de course résonnèrent sur les dalles de granite, dans le foyer de l'hôtel. Les trois ados se tournèrent dans la direction du bruit.

– Nous nous attendions au pire, hurla presque Simon.

– Les policiers nous ont mis au courant de ce qui s'est passé, haleta Julien.

– Ne vous en faites pas, crâna Sophie. Heinz a eu plus peur de moi, que moi de Heinz.

– L'affaire est ketchup, plaisanta Grégoire.

Les trois adolescents se désopilèrent, puis Sophie raconta de nouveau son aventure. Julien fit signe à un chasseur de faire apporter une carafe de café et du gâteau forêt-noire.

– On rit bien, admit Grégoire, mais je dois t'avouer, Sophie, que j'ai paniqué quand je me suis rendu compte qu'on essayait de te kidnapper.

Sophie se pencha et lui chuchota à l'oreille :

– Je fais la brave, mais je t'avoue que je ne me sentais pas grosse dans mes culottes après cette attaque. Élise a raison, l'histoire aurait pu mal tourner.

– Qu'est-ce vous vous racontez vous deux ?

– Rien, Élise, firent-ils en chœur. Voilà le café et le gâteau.

– Écoutez bien, avertit Julien, en se levant pour servir tout le monde. Dorénavant, pas question de vous déplacer dans cette ville sans qu'on vous accompagne. C'est compris ?

Les trois affamés, qui se régalaient, bredouillèrent entre deux bouchées :

– Oui, Julien, c'est compris, mais nous ne faisions que suivre tes instructions.

– Julien a raison, insista Simon. Ces gens nous veulent du mal et je crois qu'ils vont tout essayer pour faire main basse sur mes documents.

– Tout ça pour quelques feuilles de musique ?

– Ces feuilles sont précieuses, Grégoire, et certaines personnes veulent à tout prix les avoir. Nous allons devoir être très vigilants, rappela Simon.

CHAPITRE 16

Croisière sur le Rhin

Leur première journée dans la ville natale de Beethoven tirait à sa fin et le décalage horaire commençait à se faire sentir. Élise se servit tout de même un deuxième morceau de gâteau forêt-noire, avant d'observer :

— Si ces évènements sont des signes prémonitoires, j'ai hâte de voir ce qui nous attend !

— La soirée sera plus agréable, promit Julien. J'ai une surprise pour vous. Le Dr Karl Blunier nous a invités à bord de son bateau, pour une croisière sur le Rhin. Nous allons nous rendre à Cologne par voie maritime, entendre le Concerto n° 5, dit de l'Empereur. Beethoven l'aurait composé en 1809, pendant que Napoléon bombardait la ville de Vienne. Ensuite, nous allons dîner avec le Dr Blunier et ses invités.

« Il avait raison de détester ce petit dictateur », pensa Élise en revoyant son spectre en chemise de nuit...

— J'espère que ses hôtes ne sont pas du genre pirate, plaisanta Grégoire.

— Ou du genre voleur d'enfants, gémit Sophie.

— Je suis certain qu'ils seront mille fois plus charmants, prédit Simon. Montons à nos chambres faire une sieste d'une demi-heure, pour ensuite enfiler nos plus beaux habits. Vers 19 h, rendez-vous ici avant de nous rendre au quai.

Toute la bande se montra ravie de l'invitation du Dr Blunier et surtout, de profiter d'abord d'un petit somme. En sortant de l'ascenseur à leur étage, Simon poussa Julien du coude :

— Regardez la porte ! On n'y est pas allé de main morte pour forcer la serrure.

Dans le grand salon communautaire, ils virent que tous les meubles avaient été renversés.

Pendant que Julien filait à la réception, Simon courut vers sa chambre. Tout le contenu de ses valises jonchait le sol. Son lit était complètement défait et le matelas avait été éventré. Tous les tiroirs et les placards avaient aussi été fouillés.

— Ils ont pris le bouquin dans lequel se trouvaient originellement les partitions !

Élise, Sophie et Grégoire l'avaient suivi, sachant trop bien ce que les malfaiteurs cherchaient.

— S'ils ont le livre, ils ont aussi les partitions, papa ?

— Je les avais sur moi, puisque nous allions voir le directeur de l'orchestre symphonique cet après-midi.

— Est-ce qu'il les a vues ? demanda Élise, maintenant paniquée.

— Non, je n'ai pas eu le temps de les lui montrer, parce que les policiers ont fait irruption dans son bureau, pour nous dire qu'on avait tenté d'enlever Sophie.

Julien entra dans la pièce, au moment où Simon sortait les parchemins de son sac à dos.

   Élise et Beethoven

— Je viens d'alerter le service de sécurité de l'hôtel. Ils vont venir constater les dégâts et, pour notre sécurité, ils vont nous donner une nouvelle suite et poster un garde à la porte. Il faut absolument mettre ces documents dans le coffre-fort de l'hôtel, avec nos passeports. De cette façon, nous nous exposerons à moins de risques.

Le gérant de l'hôtel frappa à la porte. Il les salua en français, avec un fort accent.

— Je voudrais vous présenter mes excuses, au nom de la maison. Ce genre d'incident ne s'est jamais produit dans notre établissement. Vous devez avoir de puissants ennemis. Ils ont réussi à contourner nos systèmes de sécurité pourtant sans pareils dans le service hôtelier cinq étoiles. Vous êtes ici pour encore trois jours, alors nous voulons que ce genre d'incident ne se reproduise plus. Si vous voulez donner vos valises aux bagagistes, ils vont s'assurer de vous les livrer dans votre nouvelle suite. Encore une fois, je vous présente mes excuses. Si je peux vous venir en aide, n'hésitez pas à me contacter. Voici ma carte et vos clés.

Sur ce, le gérant s'inclina en une révérence quasi militaire et quitta leur suite.

— Je n'ai vraiment plus envie de sortir, se lamenta Élise.

— Ne t'en fais pas, ma chouette. On ne va pas se décourager maintenant. Il y a anguille sous roche, mais ensemble, nous allons aller au fond des choses.

— Tu as raison, papa. Tu as attendu toutes ces années pour confirmer que cette œuvre est bien de Beethoven. Nous allons en faire la preuve.

Une fois installés dans leur nouvelle suite, Simon et Julien descendirent trouver le concierge pour mettre tous leurs documents dans le coffre-fort. Puis, la bande se rendit au quai pour monter à bord du yacht du Dr Karl Blunier, baptisé *Ode à la joie*.

— Ce yacht, m'a expliqué le Dr Blunier, est un bateau traditionnel à moteur. Il a été construit en 1965.

— Alors Julien, c'est un vieux bateau, estima Grégoire.

— Pas si vieux que ça. Le Dr Blunier l'a fait remettre à neuf de la poupe à la proue l'an dernier, en portant une attention particulière au confort et à la modernité. C'est un yacht aux lignes classiques, qui conserve le charme et l'élégance du passé, rénové avec toutes les commodités et la technologie modernes. Il peut accueillir facilement une douzaine d'invités.

— Est-ce que nous allons dormir sur ce bateau ?

— Non, nous rentrons à l'hôtel après la soirée.

— Je préfère notre hôtel à ce vieux rafiot.

— Grégoire Mercier, tu commences à me tomber sur le gros nerf avec ta hantise du vieux ! protesta Sophie, les dents serrées.

— Chut, vous deux ! Voici notre hôte, annonça Simon.

— Wow ! On dirait James Bond, fit Grégoire.

Le Dr Blunier les attendait en haut de la passerelle, en smoking, une flûte de champagne à la main. Sa chemise blanche et le nœud papillon, qui venaient compléter sa tenue de soirée, mettaient en évidence la mâchoire carrée de ce bel

                    Élise et Beethoven

homme, grand de taille, les cheveux en broussaille extrêmement noirs et extraordinairement épais. Ses yeux lumineux étaient bleu gris. Il s'avança et leur tendit la main.

— Bonsoir, chers invités. Soyez les bienvenus à bord de mon humble bateau. Vous avez eu, j'espère, la chance de vous remettre de votre journée mouvementée.

— Oui, tout est rentré dans l'ordre, le rassura Julien, en éprouvant sa poigne solide.

— Venez, suivez-moi. Mes autres invités ont bien hâte de faire votre connaissance.

Sur le pont se trouvaient rassemblées une dizaine de personnes de différentes nationalités, venues assister au concours de musique.

— Chers amis, j'ai le plaisir de vous présenter notre délégation canadienne et Mlle Élise Poirier, une de nos candidates.

Après les échanges de noms et de poignées de main, le vrombissement des moteurs signala le début d'une soirée exquise. Élise trouva une place sur un long banc recouvert de coussins moelleux, pour mieux voir défiler la ville de Bonn.

— Le Rhin se fait particulièrement enchanteur ce soir, remarqua le Dr Blunier, venu s'asseoir près d'elle.

— Oui. J'ai lu dans les dépliants de l'hôtel que cette « vallée romantique » a inspiré poètes et légendes. On le comprend…

— Ici, le long de ses rives sinueuses, au fond de cette gorge étroite, le fleuve déploie toute sa majesté, de méandre en méandre. Sur ses berges, on retrouve des vignobles en étages, des ruines de châteaux à flanc d'éperon rocheux, des coteaux couverts de sapins et des villages enchanteurs, apportant chacun sa touche à un tableau idyllique.

– Cette vallée est chargée d'histoire. Il n'y a qu'à voir les châteaux et les ruines qui la bordent.

– Ce qui lui confère son aspect mystérieux et intemporel. Tu sais, Élise, qu'entre les XIIIe et XVIe siècles, trente-deux rois et empereurs descendirent ce fleuve.

– Hum…une véritable voie royale.

– Oui, et sur ses bords, des châteaux forts protégeaient les voyageurs. Mais c'est la Lorelei, une falaise qui se trouve dans l'autre direction, qui donne son nom à la légende immortalisée par le poète Heinrich Heine, et demeure inextricablement liée à cette vallée.

– Le nom de ce poète me dit quelque chose.

– « *Ich weiss nicht was soll es bedeuten, das ich so traurig bin…* » Ce vers, le premier du poème de Heine, fait partie des plus célèbres de la langue allemande. Il exalte le mythe de cette femme blonde abandonnée sur un rocher dominant le Rhin, dont le chant de douleur envoûta les marins au point qu'ils en oublièrent les courants. De nombreux bateliers dans leur canot de bois y périrent corps et biens. La Lorelei hante toujours l'esprit de ceux qui s'aventurent dans cette vallée.

– S'agit-il d'une légende ou bien d'une sirène ? A-t-elle vraiment existé ?

– Nul ne le sait avec certitude. Longtemps, en effet, le passage du rocher de la Lorelei fut redouté par les mariniers en raison, paraît-il, des courants et des tourbillons. En ancien allemand, Lorelei signifie d'ailleurs « rocher perfide ».

Simon vint se joindre à eux, curieux de connaître leur sujet de conversation.

– Est-ce que ma fille vous questionne à propos de son compositeur préféré ?

– Nous parlions de l'histoire et de la légende du fleuve.

– Papa, est-ce que le nom d'Heinrich Heine te dit quelque chose ?

– Il a écrit le magnifique livre de poèmes qu'on vient de nous cambrioler.

– Que voulez-vous dire ? demanda le Dr Blunier.

– En fin d'après-midi, lorsque Julien et moi sommes rentrés à l'hôtel, nous avons découvert que notre suite avait été saccagée et que le livre ayant contenu les partitions de Beethoven avait disparu.

– Est-ce que les voleurs ont pris la fuite avec les précieux documents ?

– Non, je les avais avec moi lorsqu'on vous a rendu visite.

– Veuillez m'excuser, dit le Dr Blunier, qui se leva brusquement.

Leur hôte se dirigea vers l'un des invités, un manufacturier de voitures japonaises et collectionneur, ainsi qu'il le leur avait présenté. Les deux hommes s'enfermèrent dans le salon vitré du yacht et discutèrent à voix contenue, en gesticulant et en se pointant mutuellement du doigt.

– Bizarre, dit Simon à sa fille.

– Qu'est-ce qui est bizarre ? s'enquit Grégoire, en les rejoignant.

– Le comportement du Dr Blunier et du fabricant de voitures japonaises, l'informa Simon.

– Yamatoto et le docteur ? Ils s'engueulent, affirma Grégoire.

– Il s'appelle Yamamoto, corrigea Élise. Et comment le sais-tu, qu'ils s'engueulent ?

— Ils se traitent de crétins, en allemand.

— Tu comprends ce qu'ils se disent ?

— Pas tout, Simon, mais j'ai compris le mot crétin, en allemand, lorsqu'ils sont passés à côté de moi avant de s'enfermer dans le salon.

— Il faut mettre les autres au courant. Je crois qu'on devrait avoir une rencontre stratégique, demain matin, pour planifier nos prochaines démarches.

— Entièrement d'accord, papa. Ce Dr Blunier me fait penser à quelqu'un que je connais, mais qui ? Je n'arrive pas à mettre le doigt dessus.

Le yatch accosta au quai de Cologne et tous les passagers se rendirent, à pied, dans un parc où se donnait le concert en plein air. Après le spectacle, de retour sur le bateau, un repas somptueux fut servi à tous les invités.

Alors que la soirée tirait à sa fin, le Dr Blunier sembla retrouver sa bonne humeur. En escortant la bande vers la passerelle, une fois le bateau arrivé à Bonn, il proposa une rencontre le lendemain matin au Beethoven Haus, non pour visiter le musée, mais pour y faire des recherches.

— Monsieur Poirier, vous voudrez bien apporter les parchemins que vous avez en votre possession. Nous devons commencer par faire des comparaisons entre vos documents et d'autres, signés de la main de Beethoven.

— Mais, aurons-nous accès à d'autres documents ?

— Absolument, Monsieur Lesage. On me donne carte blanche dans les archives grâce à ma profession et, comme vous êtes mes invités, vous aurez les mêmes privilèges.

— Bien, mais le musée renferme sans doute des milliers de documents, s'inquiéta Simon. Nous en avons pour des mois !

— C'est juste, mais nous allons d'abord établir le type d'œuvre que vous avez en votre possession. Quelques échantillons du musée suffiront.

— C'est une œuvre pour orchestre. On dirait un concerto, mais j'ai l'impression que deux solistes se répondent.

— Alors, nous connaissons vingt-trois œuvres pour orchestre, en plus des neuf symphonies... Rien ne sert de nous préoccuper des nombreuses sonates.

— N'est-il pas vrai que Beethoven a plus d'une fois protesté, auprès de ses éditeurs, que des musiciens peu scrupuleux publiaient, sous son nom, des arrangements de ses œuvres pour des formations diverses ? Ce n'était pas tant le sans-gêne des imposteurs qu'il critiquait, que leur incompétence.

— Tu sembles bien connaître ce compositeur, Élise, dit le Dr Blunier.

— Oui, sa vie, son œuvre et sa personnalité représentent pour moi une grande source d'inspiration.

— Pourrons-nous examiner d'autres types d'artéfacts ?

— Sans doute, Grégoire, mais pour les autres objets, c'est compliqué. Il faut faire des demandes officielles auprès de l'administration du musée, expliqua le Dr Blunier.

— Ah, je vois.

– Que cherchez-vous en particulier ?

Sophie donna un coup de pied à Grégoire.

– Euh ! Rien en particulier. Une vieille chaise, peut-être…

– Allons, il se fait tard les amis. N'abusons pas de l'hospitalité de notre hôte.

La bande quitta le bateau à la suggestion de Julien, en remerciant le Dr Blunier et en lui souhaitant une bonne nuit, dans la perspective de le rencontrer de nouveau au musée le lendemain matin.

En route vers l'hôtel, Grégoire se mit à faire des reproches à Sophie.

– Eille, pourquoi le coup de pied ?

– Je ne voulais pas que tu vendes la mèche. Mon intuition de détective me rend cet homme antipathique, je le trouve un peu louche. Quelque chose ne tourne pas rond. Pour un chef d'orchestre, vous ne trouvez pas qu'il vit comme un milliardaire ?

– Sophie, en Europe, beaucoup de familles jouissent de fortunes personnelles accumulées de génération en génération, expliqua Julien.

– Oui, mais je ne vois rien de noble chez lui, il fait plutôt nouveau riche que vieil aristocrate, vous ne trouvez pas ?

– Tu veux dire riche comme Crésus, du foin dans les bottes, gagnant de la poule aux œufs d'or, que…

– Grégoire ! Ce que tu peux être débile, parfois.

– Quoi ? Je voulais seulement appuyer l'hypothèse que tu avançais.

– Allons, vous deux, ne concluons pas trop rapidement, tempéra Simon. Soyons un peu pragmatiques. Nous avons quelques jours pour faire nos recherches.

— Par mesure de sécurité, proposa Julien, faisons des copies des parchemins et laissons les originaux dans le coffre-fort de l'hôtel. Je ne veux courir aucun risque.

— Je suis entièrement d'accord, accepta Simon. Demain, nous ne viserons qu'à établir si l'œuvre est bien de Beethoven.

— Quelque chose me tracasse, nota Élise. Le Dr Blunier ne parle que d'une trentaine d'œuvres orchestrales au musée. Je trouve ça étrange, puisque après la mort de Beethoven, tous les manuscrits, livres et meubles lui ayant appartenu furent vendus aux enchères pour 575 florins. Pourtant, le catalogue de cette vente comprenait au minimum 252 numéros de manuscrits.

— Tu as raison, mais plusieurs de ces documents se trouvent en Autriche. Comme tu l'as indiqué au Dr Blunier, un acheteur peu scrupuleux à cet encan aurait pu mettre la main sur plusieurs des cahiers de Beethoven. On raconte que ce dernier avait l'habitude de les déchirer et d'en donner ou d'en vendre les pages, une par une, à ses amis ou à des collectionneurs.

— Julien ! Il déchirait les pages des cahiers ? C'est grotesque !

Pour calmer sa fille, Simon entreprit d'expliquer les habitudes de travail du Maître.

— Tu as raison de t'indigner, Élise, c'est ahurissant, mais tu dois comprendre que Beethoven n'avait pas toujours beaucoup d'argent, et vivait souvent en ermite. Alors, il prenait ce qui lui tombait sous la main. Il fabriquait ses propres cahiers avec toutes sortes de papiers qu'il cousait ensemble, pour écrire ses compositions. Tu serais surprise de voir dans quel état se trouvent ses manuscrits. Aujourd'hui, nous sommes habitués de travailler avec des cahiers de musique imprimée, où il est facile de lire et de suivre les notes et les indications musicales. Cependant, le manuscrit d'un grand compositeur s'apparente à la palette ou au studio d'un grand peintre. Éclaboussures, griffonnages, rayures et taches d'encre personnalisent la partition et peuvent nous aider à identifier sa provenance ainsi qu'à prouver son authenticité. Lorsque Beethoven finissait de composer, il refermait parfois son carnet, même si l'encre n'était pas complètement sèche.

— Ainsi, des taches d'encre peuvent souvent apparaître sur les pages opposées, ajouta Sophie, comme des empreintes digitales.

— Voilà pourquoi, papa, Sophie est du voyage, dit Élise en passant son bras autour du cou de son amie.

— Elle a parfaitement raison, approuva Simon, et toutes ces caractéristiques particulières vont nous servir au cours de nos recherches.

— Il se fait vraiment tard, répéta Julien, comme le groupe entrait dans l'hôtel. Je propose que l'on prenne une bonne nuit de sommeil et que l'on continue notre discussion pendant le déjeuner demain matin. Tout le monde d'accord ?

Aucun des trois adolescents ne souleva d'objection.

CHAPITRE 17

Archives et coffres-forts

Le Dr Blunier attendait dans la rue et jeta un coup d'œil rapide à sa montre. Il était à peine huit heures, lorsque Julien et sa bande le rejoignirent à l'entrée des archives, situées au sous-sol du musée Beethoven Haus. Il sonna. Une dame très âgée vint leur ouvrir.

— Elle a le même âge que les meubles ramassés dans le Beethoven Haus !

— Chut, Grégoire ! Elle pourrait très bien nous entendre, remarqua fort justement Sophie.

— Rappelez-vous notre expulsion du musée, vous deux, les gronda Julien. Je ne veux pas que la scène se répète ici. Il ne faudrait pas qu'on se mette de nouveau quelqu'un à dos.

Heureusement un peu dure d'oreille, Mme Bloomberg était en fait octogénaire. Minuscule de taille, elle portait toujours la coiffure et le maquillage qu'elle avait adoptés dans la vingtaine. Son rouge à lèvres cerise et la poudre pêche sur ses joues plissées donnaient à ses cheveux passés au bleu des tons violacés. Derrière son pince-nez, ses yeux couleur de jade brillaient d'intelligence. Nantie d'une mémoire photographique, elle connaissait par cœur le contenu de sa bibliothèque. Elle montrait, en plus, un attachement démesuré pour ses archives. Pour elle, chaque document valait plus que le trésor du temple de Salomon, car depuis quatre générations, les femmes de sa famille en avaient été les conservatrices.

— *Guten Morgen, Herr Doktor.* Quel plaisir de vous revoir, dit-elle, après avoir désarmé le système de sécurité. Je vois que vous avez de nouveaux visiteurs avec vous, aujourd'hui.

— *Guten Morgen, Frau Bloomberg.* Ce sont des amis du Canada, permettez-moi de vous les présenter.

Le Dr Blunier désigna chacun de ses invités en y allant de quelques commentaires brefs, mais il s'étendit longuement sur les antécédents de Simon, à la fois musicien et musicologue, ainsi que sur son intérêt marqué pour les œuvres de Beethoven.

— Et que puis-je faire pour vous aider ?

Le directeur musical en vint à l'objet précis de leur visite.

— Est-ce possible, ce matin, de voir les dernières compositions du grand Maître ?

— Les œuvres complètes ?

— Non, nous aurions plutôt besoin de consulter les cahiers vendus aux enchères, après le décès de Beethoven.

— Vous voulez dire ceux de 1826, remplis chez son frère Johann, dans la région de Krems-sur-le-Danube, durant la convalescence de son neveu ? Comme la dernière fois… ?

— Ceux-là, en effet, confirma le Dr Blunier en toussotant, un peu crispé.

— Si vous voulez patienter, je vais aller vous les chercher.

Tous les membres du groupe attendirent en silence, comme dans une chapelle. Le foyer des archives inspirait d'ailleurs la piété. Absorbé dans ses méditations, chacun se demandait ce que Mme Bloomberg avait bien voulu dire par : « Comme la dernière fois... »

Après une assez longue absence, l'archiviste réapparut. Elle poussait un chariot chargé d'une trentaine de coffrets de métal, verrouillés et étiquetés. Elle avait pris soin d'apporter six paires de gants blancs. Déjà gantée, elle signala aux membres du groupe de faire de même. Chacun s'empressa d'obéir, sans se faire prier.

— Je me sens comme un magicien. Il ne me manque plus qu'un chapeau haut de forme et... Abracadabra ! Pouf ! Je ferai apparaître tous les documents qu'il nous faut, *subito presto*.

Sophie et Élise firent signe à Grégoire de se taire.

— Il faut porter ces gants pour ne pas abîmer les documents déjà fragiles, expliqua Mme Bloomberg, amusée par les gesticulations de Grégoire.

— Par où allons-nous commencer ? demanda Simon.

— Il faudrait d'abord voir votre document original et procéder par élimination, proposa le D\ :sup:`r` Blunier.

— Monsieur Poirier, vous avez en votre possession des documents qui auraient appartenu à Ludwig van Beethoven ? Vraiment ?

— Oui, Madame, je crois même qu'ils sont de sa main.

– Vous êtes, comme l'a dit le Dr Blunier, musicien et musicologue. Quelle est donc votre spécialité ?

– L'histoire de la musique et la conservation de la culture musicale.

– Laissez-moi deviner, vous êtes spécialiste de la musique de Beethoven et vous êtes certain de ce que vous avancez sur la provenance de vos documents.

– En fait, nous espérions que vous pourriez en fournir la preuve incontestable.

– J'ai bien hâte de voir ce que vous avez en votre possession. Venez, nous allons passer dans la pièce voisine. Pour satisfaire aux besoins de conservation des artéfacts, elle a subi un ensemble de traitements visant au contrôle et à la régulation de facteurs d'ambiance, tels la température, l'humidité, le pourcentage en oxygène, la pureté et le mouvement de l'air. De cette façon, les objets sont mieux protégés. Je vais me joindre à vous pour accélérer vos recherches. Je vous prie d'entrer.

Le groupe défila devant elle, en élèves dociles.

Mme Bloomberg poussa le chariot vers une longue table en bois verni d'au moins deux mètres. Elle plaça une demi-douzaine de boîtiers au centre du meuble, puis sortit un énorme trousseau de clés d'un des nombreux tiroirs de cette table.

– À ce rythme, nous aurons son âge à la fin de l'exercice ! C'est un peu comme chercher une aiguille dans une botte de foin.

– Pète pas les plombs, Grégoire. Rappelle-toi, comme l'a dit un jour un célèbre archéologue en herbe, qu'on ne sait jamais ce que l'on peut trouver en fouillant, chuchota Sophie à son tour.

– Monsieur Poirier, allez-vous enfin nous montrer les documents que vous avez en votre possession ?

Le Dr Blunier s'impatientait. Simon hocha la tête, enleva son sac à dos et en sortit un dossier cartonné, dont l'ouverture était ficelée.

– Tu as apporté les originaux ? s'étonna Julien, incrédule.

– Je ne pouvais pas les laisser à l'hôtel.

– Tu as pris un très grand risque, mon ami.

– Je sais, mais je n'ai plus la patience d'attendre pour connaître la vérité.

Le musicien défit la boucle et les nœuds qui tenaient le dossier fermé et en tira délicatement les nombreuses pages qui s'y trouvaient. Un silence absolu régnait dans la salle. De ses mains gantées, il plaça la pile de feuilles devant la rangée de coffrets.

Mme Bloomberg s'approcha de lui et murmura, presqu'en gémissant :

– Mais, je reconnais ce document. Ces pages appartiennent au cahier n° 10.

– Que voulez-vous dire ? Comment le savez-vous ? réagirent le Dr Blunier et Julien, en même temps.

– Elles font partie d'un concerto pour piano, dont nous avons les cinquante-neuf pages finales dans les archives du musée. Nous savions qu'il y en avait quatre-vingt-six en tout, mais les vingt-sept pages du début demeuraient introuvables, jusqu'à aujourd'hui. Nous savions qu'elles provenaient toutes du même cahier, puisque chaque feuille récupérée au cours des décennies ressemblait à la première. Je veux dire que la composition du papier et la méthode utilisée pour la reliure étaient identiques, selon les analyses faites en laboratoire.

— Comment pouvez-vous être certaine que ces nouvelles pages proviennent réellement du même cahier? demanda Julien.

— Vous voyez le côté gauche de chaque page? Remarquez les déchirures, montra Mme Bloomberg, en enlevant ses gants blancs.

Tout le monde s'était approché pour examiner ce qu'elle désignait de ses doigts osseux.

— Le bord de chacune des pages est comme une dentelle. Vous voyez?

Tous virent très clairement la dentelure dont elle parlait.

— Ces pages ont été arrachées à un cahier qui n'était pas relié avec de la colle et une bandelette de tissu, comme c'était souvent la pratique. Celles de ce cahier ont été cousues ensemble. La distance entre chacune des dents correspond aux piqûres d'une aiguille et à la longueur de chaque point. Le seul document de notre collection qui possède la même caractéristique est le cahier n° 10.

La doyenne des archives se détacha du groupe et parcourut rapidement des yeux les contenants qui se trouvaient sur la table. Ne trouvant pas ce qu'elle cherchait, elle fit un pas vers le chariot. De ses mains tremblantes, elle en tira une des caissettes et prit son trousseau de clés. Elle inséra une clé dans la serrure de la boîte sur laquelle apparaissaient des lettres et des chiffres qu'elle seule semblait comprendre.

Cinq des six témoins suivirent chaque geste de la doyenne, en retenant leur souffle. Tout à coup, elle fit volte-face. Son teint de pêche artificiel avait pris un coloris verdelet. Elle croisa ses mains crispées sur sa poitrine, en s'écriant :

— Le cahier n'y est plus !

La voyant sur le point de s'évanouir, Julien vint à son secours.

— Que personne ne bouge ! menaça le Dr Blunier, en brandissant un pistolet Luger.

— Je le savais ! laissa échapper Sophie.

Élise et Grégoire se réfugièrent derrière Simon, qui ouvrit les bras pour les protéger.

— C'est donc vous qui avez chipé le cahier... constata Mme Bloomberg, dont la respiration devenait saccadée. Pourquoi ?

— Quelle valeur ont toutes ces œuvres sous clé, accumulant de la poussière ? Entre les mains de collectionneurs, elles pourraient être exposées comme des trophées dans des vitrines.

— Mais...ces trésors font partie du patrimoine ! Les membres de ma famille ont consacré leur vie à les sauvegarder pour les générations à venir.

— Quelle bêtise que ce noble geste ! Votre famille aurait pu accumuler une fortune, surtout depuis la dernière Guerre mondiale. Maintenant, Madame Bloomberg, je vous prie de prendre et de me remettre les documents que Simon Poirier a si gentiment voulu nous livrer. Je dois les vendre, aujourd'hui même, à un collectionneur prêt à payer plusieurs millions pour l'œuvre complète.

— Il y a collectionneur et COLLECTIONNEUR, et je parie que le vôtre s'appelle Yamatoto, lança Grégoire, venu se placer derrière Sophie.

— Il s'appelle Yamamoto, corrigea la jeune fille.

— Silence, vous deux ! Avec vos manigances, vous avez complètement saboté mes plans. Encore un peu et vous auriez fait rater la transaction que j'ai mis des années à orchestrer.

— Orchestrer ? Bon choix de mot…

— Chut ! Grégoire, ce n'est pas le temps de faire des blagues, dit Sophie.

— Silence ! répéta le Dr Blunier, où je fais un malheur.

Mme Bloomberg se dirigea vers Simon, qui lui remit la liasse de pages. Les documents en main, elle avançait vers le malfaiteur lorsque, tout à coup, un des coffrets de métal sur le chariot fut catapulté par une main invisible en direction de l'homme armé. Il le reçut de plein fouet, au milieu de la figure, vacilla, puis s'étala de tout son long, immobile. Dans sa chute, le Dr Blunier lâcha l'arme que Julien récupéra et passa à Simon, pendant qu'il s'agenouillait près du blessé.

— Est-ce qu'il est mort ?

— Non, seulement assommé.

— Wow ! Ce pistolet est un parabellum, dont le nom vient du latin : *Si vis Pacem, Para bellum.* Qui veut la paix prépare la guerre. C'est le modèle standard que l'armée allemande a adopté sous le nom de P08. Je peux le voir ?

— Grégoire, il n'en est pas question ! Il faut plutôt penser à retracer ce Yamamoto avant qu'il ne quitte le pays.

Soudain, au fond de la pièce, un rayon de la bibliothèque adossé au mur s'ouvrit, pour révéler un long couloir illuminé par de faibles ampoules électriques datant du siècle précédent. Malgré la pénombre, Élise crut y apercevoir la silhouette du Maître. Mme Bloomberg ne put retenir un cri.

— *Gott in Himmel !* Je croyais que ce tunnel n'existait plus.

– Est-ce que ce musée est hanté ? demanda Grégoire, dont le visage était devenu terreux.

– Oui, il l'a toujours été, d'aussi loin que je puisse me souvenir. Des choses bizarres et inexplicables s'y passent, par exemple ce lancer de coffret par une main invisible, à la figure d'une canaille, et l'ouverture d'une porte secrète dans la pièce. Mon arrière-grand-mère, ma grand-mère et ma mère, toutes doyennes des archives avant moi, me racontaient que les gardiens du musée trouvaient chaque matin le lit de Beethoven défait, comme si son fantôme y avait dormi toutes les nuits. Au pupitre du grenier, ils découvraient l'encrier vide le matin venu.

– Avez-vous déjà vu le fantôme de Beethoven ?

– Non, Mademoiselle Élise, mais j'ai souvent senti une présence quand je déambulais dans le musée ou lorsque je travaillais tard, certains soirs dans les bureaux des archives. Vite, entrez, prenons le passage secret.

– Mais il faut ligoter le Dr Blunier, avertit Julien.

– En effet, on ne peut pas le laisser seul ici, il pourrait glisser entre les doigts des autorités, ajouta Simon.

– Ça ne sera pas nécessaire, car je vais réactiver le système de sécurité. S'il revient à lui, il ne pourra pas bouger d'un poil, puisque les rayons laser détecteront ses mouvements et alerteront la police de la présence d'un intrus au sous-sol du musée. Il a fallu six hommes pour installer la porte en acier, dotée d'une serrure que notre prisonnier ne peut ouvrir de l'intérieur. Je crois que le cher Dr Blunier est tombé dans un piège sans issue. Entrez vite ! Je vais coder le pavé numérique pour activer les lasers et verrouiller derrière nous.

Le panneau se referma dans leur dos, dissimulant à nouveau son accès depuis longtemps oublié.

— Où allons-nous ? s'inquiéta Sophie.

— Ce tunnel mène jusqu'à la rivière. Mes parents et moi l'avons utilisé pour nous sauver, au début de la Deuxième Guerre mondiale. Je croyais que tout avait disparu avec la destruction causée par cette guerre. Nous nous trouvons présentement dans un ancien système d'égouts.

— Ah ! Dégueulasse ! dit Grégoire.

— Est-ce qu'il y a des rats ? demanda Sophie.

— Je ne crois pas, ils ne trouveraient rien pour se nourrir. Ce passage date de l'invasion de l'Allemagne par Napoléon Bonaparte. Les gens de la ville s'en servaient à l'époque pour y cacher des armes, de la nourriture et leurs objets précieux. Ils s'y réfugiaient lors des combats et des bombardements. Il a aussi servi à cacher les trésors du musée. Je ne pense pas que des rats l'envahissent aujourd'hui.

— Votre famille a dû fuir pendant la guerre ?

— Oui, Monsieur Poirier, nous sommes juifs. Après les évènements de la Nuit de Cristal, ce tunnel nous a permis de quitter la ville sans laisser de traces. J'avais votre âge quand nous sommes montés à bord d'une barge qui nous a menés en Suisse, un pays neutre. De là, nous nous sommes rendus en Espagne, où nous avons pris un paquebot pour New York.

— Pourquoi donc êtes-vous revenue dans un pays qui vous a persécutée ?

— Ah, Monsieur Lesage, je suis rentrée avec mon mari après la guerre, parce que ma famille connaissait mieux qu'aucune autre l'histoire des documents conservés ici. J'y suis revenue, non par amour pour ce pays, mais par amour pour Beethoven.

Le groupe suivait les méandres du tunnel aux parois de calcaire. L'air chaud y sentait le moisi et la roche humide. Des dates et des noms gravés dans la pierre témoignaient des nombreuses périodes d'occupation des lieux. Après une longue marche, Sophie se plaignit de claustrophobie et Grégoire de douleurs aux pieds. Élise les exhorta à continuer.

— Allons, encore un peu de courage !

— Nous y sommes presque, les rassura Mme Bloomberg. Il faut empêcher ce Yamamoto de quitter l'Allemagne avec les dernières pages du cahier n° 10.

Ils virent finalement le jour filtrer au bout du corridor. Toutefois, l'ouverture était obstruée par un grillage solide. De l'autre côté, ils aperçurent le yacht luxueux du Dr Blunier, toujours arrimé au quai. À bord, l'équipage s'affairait aux préparatifs d'un départ précipité. Yamamoto était aux cent coups. Il criait des ordres, tournait en rond comme une girouette et suait à grosses gouttes.

— Je reconnais le manufacturier sur le pont. Blunier lui avait sans doute donné rendez-vous. Il faut l'empêcher de prendre le large, dit Simon, pendant que Julien conseillait encore d'appeler la police.

— J'ai une meilleure solution, Messieurs. Le trafic international de biens culturels affecte l'Allemagne plus que bien d'autres pays. La police locale mettra trop de temps à obtenir un mandat de perquisition. Seul Interpol a le droit de poursuivre ce genre de criminels en fuite.

Sophie s'avança et offrit son cellulaire à Mme Bloomberg, qui lui fit un clin d'œil et composa le numéro.

CHAPITRE 18

Aucune échappatoire

Sur le pont de l'*Ode à la joie*, Yamamoto venait de faire remontrer l'ancre et de larguer les amarres, lorsque plusieurs agents des services fédéraux, contactés par Interpol, descendirent de leur voiture fantôme, brandissant des armes et sommant tous les occupants de se rendre. Les malfaiteurs étaient cernés non seulement par la police sur le quai, mais aussi par une flotte de la garde côtière, sur le fleuve.

Les malandrins jugèrent bon de se rendre sans résister. Yamamoto fut menotté, ainsi que tous ses acolytes. Lorsque les policiers fouillèrent le bateau, ils y retrouvèrent le cahier que le Dr Blunier avait filouté aux archives du musée. En plus, ils mirent la main sur plusieurs œuvres d'art précieuses, disparues de musées à Berlin, Paris, Moscou et Londres.

Aidé à son insu par le Maître ainsi que par Mme Bloomberg, Élise et sa bande, Interpol venait de démanteler un des plus grands réseaux de trafiquants d'œuvres d'art du siècle. Au moment où les journalistes arrivaient avec leur attirail, pour filmer les policiers emmenant les criminels en tôle, le grillage qui avait barré le chemin à l'archiviste et à sa délégation du Canada s'ouvrit comme par enchantement. Le groupe se retrouva mêlé au brouhaha du quai. Mme Bloomberg alla trouver le policier responsable de la perquisition.

— Je vous prie de me rendre le cahier du concerto de Ludwig van Beethoven.

— Qui êtes-vous et que voulez-vous ? Ma fonction de détective m'interdit absolument de faire une telle chose.

— Pardon, Monsieur l'agent, je m'appelle Hermine Bloomberg, archiviste du Beethoven Haus. C'est moi qui ai contacté Interpol. Les documents que vous avez confisqués ont été volés récemment par le Dr Blunier, le cerveau de cette bande de fraudeurs, présentement enfermé dans la bibliothèque des archives. Son plan était de les vendre au fabricant de voitures japonaises que vous venez d'arrêter. Les documents découverts sur ce bateau font partie du patrimoine allemand et sont parfaitement identifiables.

— Je veux bien vous croire, ma bonne dame, mais je dois m'assurer que vous avez établi l'inventaire de vos collections et que vous avez des photos pour chaque objet, avec une description précise, selon nos normes.

— Oui, ce travail a été fait et enregistré auprès de vos services.

— Vous parlez d'artéfacts parfaitement identifiables. Ont-ils une marque individuelle ou portent-ils le cachet de compagnies privées spécialistes dans ce domaine ?

— Les deux, Monsieur le policier.

– Vous avez aussi tout fait pour protéger les lieux où se trouvent les collections ?

– Oui, je vous ai déjà expliqué tout ça.

Mme Bloomberg perdait patience. Elle ne tolérait pas de se faire bombarder de questions par ce blanc-bec et faisait des efforts surhumains pour garder son calme.

– Nous avons déjà appréhendé le chef des pillards et il ne peut fuir, grâce au système de sécurité de notre musée, comme je viens de vous l'expliquer, à deux reprises déjà.

– En détectant le vol, vous avez immédiatement déposé une plainte auprès du service de police ou de gendarmerie compétent et fourni la liste détaillée des objets volés, photographies à l'appui ?

– Nous avons les preuves nécessaires et vous êtes ici, n'est-ce pas ?

Elle se tourna vers Simon pour emprunter la vingtaine de pages du concerto pour piano de Beethoven, qu'elle brandit sous le nez du policier.

– Oui, oui, je vois, constata le responsable, en se rendant compte que la pauvre dame était sur le point de lui faire une crise de nerfs. Pour le moment, vous devez comprendre que ce document et toutes les œuvres d'art doivent être catalogués et soumis comme preuve devant les tribunaux, afin d'inculper les membres de ce réseau de trafiquants.

– Quand donc allez-vous nous rendre ce document ? insista-t-elle.

– Aussitôt que nous aurons prouvé sa provenance et son authenticité, en plus d'en retenir les éléments nécessaires au procès.

Toute la discussion fut filmée par les journalistes présents.

Le soir de leur deuxième jour en Allemagne, sur tous les réseaux de télévision internationale, Mme Bloomberg, Simon, Julien, Sophie, Grégoire et Élise étaient devenus des vedettes. Au cours du reportage, le chef d'Interpol leur rendit hommage.

— Je tiens à féliciter les services de police allemands pour leur collaboration exemplaire. Cette opération a permis de récupérer une partition de la main de Beethoven ainsi que de nombreux tableaux volés dans les plus grands musées d'Europe. Elle a aussi aidé à démanteler une bande présumée de voleurs d'œuvres d'art et d'arrêter plus de vingt suspects, dont le Dr Blunier, son bras droit Gunther Heinz, déjà en état d'arrestation pour tentative d'enlèvement de mineure, un fabricant de voitures japonaises et trois Russes. Ces arrestations ont eu lieu grâce aux efforts conjugués des autorités et, je tiens à le souligner, de jeunes Canadiens en visite dans notre pays.

CHAPITRE 19

Les experts à l'œuvre

Quelques jours plus tard, voulant reconnaitre la contribution des héros canadiens, Interpol mit à leur disposition tous les spécialistes de ses laboratoires, pour prouver l'origine et l'authenticité du concerto de Beethoven. Les deux jeunes mordus de sciences furent invités à suivre les travaux de près, pendant qu'Élise se soumettait aux épreuves du concours international et rencontrait les autres candidats.

Sophie n'arrivait pas à croire qu'elle travaillait avec un expert et faisait sur les documents des prélèvements d'empreintes digitales et de traces de sang. Elle analysait même la composition du papier et de l'encre en plus de marier les ombres des taches imprimées entre certaines pages du début et de la fin de l'œuvre. À l'aide d'un microscope nucléaire, la jeune criminologue examina une mèche de cheveux de Beethoven qui provenait du musée de Bonn.

Bien que ne pouvant livrer des traces d'ADN parce que les échantillons étaient fortement dégradés, cet examen livrerait tout de même une foule de données sur la condition physique de Beethoven, gravement malade au moment du prélèvement. Élise lui avait expliqué que Beethoven s'était souvent plaint que ses médecins étaient des charlatans et que les médicaments qu'ils lui prescrivaient le rendaient plus malade. Ces préparations bien spécifiques auraient même précipité son décès, au lieu de prolonger sa vie. Sophie découvrit que Beethoven avait en effet été empoisonné. La trop forte concentration de plomb dans ses cheveux en était la preuve.

Sur la foi de ces premières recherches, Grégoire fut invité par les archéologues et le coroner à se rendre à Vienne, avec Sophie, pour l'analyse d'un fragment d'os provenant du crâne de Beethoven. En rentrant à l'hôtel en fin de journée, il annonça :

— Sophie et moi partons pour Vienne demain matin.

— Est-ce que tu vas te rendre au cimetière où reposent Beethoven et Franz Schubert ? demanda Élise.

— Possible... Au fait, que font ces deux grands compositeurs depuis leur enterrement ?

— Aucune idée...

— Ils décomposent.

— Grégoire Mercier, t'es malade !

La réplique de Sophie déclencha une bataille d'oreillers à trois.

De retour à l'hôtel, après le souper dans un grand restaurant pour marquer les résultats du concours de musique, Élise emprunta l'ordinateur de Grégoire et s'enferma dans sa chambre pour envoyer un courriel à sa mère.

Salut,

Je t'écris comme promis, mais impossible de le faire tous les soirs. Tu seras sans doute étonnée en lisant ces mots. J'ai remporté le premier prix du concours international pour jeunes pianistes, ce matin. Grégoire m'a dit qu'il aurait choisi d'assister à un concert des Colocs ou des Cowboys Fringants, plutôt que retarder son départ pour Vienne et se retrouver dans l'auditoire. Il a en fait comparé son expérience au supplice du chevalet. Tu sais, la torture médiévale sur un cadre de bois avec un rouleau à chaque bout. La victime est attachée par les poignets et les chevilles et le bourreau fait tourner lentement les rouleaux dans le sens opposé, étirant le corps du pauvre prisonnier, jusqu'à ce que ses membres se disloquent. Tu imagines un supplice pareil? Heureusement que Sophie, elle, aime la musique classique. Elle a bien aimé ma performance, pour laquelle elle avait revêtu son unique robe « habillée ». Mais bon…

Papa et Julien étaient emballés et sont très fiers de mon premier grand succès sur la scène internationale, ce qui prouve que toutes ces leçons de piano n'ont pas été une dépense inutile et que le talent que je possède est véritablement un don.

Je t'avais pardonné d'avoir caché le piano de papa, mais là, j'ai appris que tu m'avais dissimulé autre chose. Tu vas sans doute dire que je suis immature, que je ne connais rien de la vie et que je cherche à faire des histoires. Sache que je comprends ce que tu voulais faire en retournant toutes les lettres de papa. Mais, c'est tellement injuste d'avoir essayé de couper le lien qui existait entre nous.

Je ne suis plus une petite fille et il va falloir que tu cesses de prendre toute la place. Je veux que mon père fasse partie de ma vie. Je ne veux pas brûler les étapes, parce que je suis encore jeune et que j'ai encore beaucoup à apprendre de la vie. Mais, il faut que tu comprennes que la musique, comme papa, doit être au cœur de ma vie. Je suis une musicienne, une vraie.

Élise

Élise, Julien et Simon demeurèrent à Bonn pour remplir leurs obligations. En effet, depuis qu'elle avait gagné le concours, la jeune fille recevait des offres de partout en Allemagne. La découverte du manuscrit avait décuplé ces invitations. La réputation de Simon n'étant plus à faire, l'orchestre de Bonn avait insisté pour les présenter ensemble.

Mme Bloomberg leur remit les cinquante-neuf dernières pages qui venaient compléter le concerto, sous forme de copies provenant des microfiches des archives. Puis, elle reprit son travail de doyenne en attendant patiemment le jour où elle pourrait ajouter à sa collection l'original complet de la partition. Simon et sa fille étudiaient avec ferveur l'œuvre que personne avant eux n'avait encore interprétée. S'agissait-il vraiment du concerto pour deux pianos dont Simon avait eu l'intuition, des années auparavant ?

Dans la ville de Bonn, Julien et sa délégation étaient tous devenus des héros. Le maire leur avait remis les clés de la ville. Même le gardien du musée, qui les avait expulsés sans cérémonie lors de leur première visite, leur fit des louanges pour leur bravoure. Ils avaient déclenché une série d'événements, qui leur échappaient.

CHAPITRE 20

L'événement du siècle

Élise, Sophie et Grégoire durent obtenir une nouvelle permission de leurs parents et informer leur école de leur absence. Leur séjour en Europe se prolongeait à cause de leurs recherches et de la grande première d'une œuvre inédite de Beethoven, qui promettait de faire courir les foules aux concerts prévus quelques semaines plus tard, à Bonn, à Cologne et à Vienne. À la une de tous les quotidiens allemands, on pouvait lire :

Première mondiale dans la ville natale de Beethoven

Il est extraordinaire qu'une œuvre de Ludwig van Beethoven soit jouée en première mondiale, 184 ans après la mort du génial compositeur.

En effet, le Concerto pour deux pianos en sol majeur sera interprété pour la première fois, comme si nous remontions dans le temps et devenions les contemporains du Maître. Comment est-ce possible ? Ce n'est pas une supercherie. Pour sa tournée annuelle du printemps, l'Orchestre symphonique de Bonn, dirigé par son nouveau chef Albert Wilhelm Holtzberg, vous offre une soirée inoubliable le 24 mai prochain, 20 h, à la nouvelle salle philharmonique du Conservatoire de Bonn.

Comme toujours, l'entrée est gratuite. Ne tardez pas à retenir vos places à la billetterie du musée Beethoven Haus. Le programme sera d'une originalité exceptionnelle.

Après la mort de Beethoven, toutes les esquisses, les œuvres abandonnées, inachevées et les projets interrompus par la disparition du grand compositeur furent retracés, recueillis et minutieusement catalogués par des musicologues acharnés. Même après ce travail titanesque, certaines œuvres sont restées dans les limbes, comme ce concerto pour piano qui sera enfin révélé grâce au courage de la jeune Canadienne Élise Poirier, pianiste virtuose et de son père, Simon Poirier, lui-même musicien de grand talent. Un des plus illustres musicologues de notre pays, le Dr Klaus Martin Kopitz, du Conservatoire de musique de Cologne, leur a offert une aide inestimable.

« Fait remarquable dans cette œuvre pour pianos et orchestre, a dit le Dr Kopitz, le cahier d'esquisses est complet, ce qui permet avec certitude d'attribuer la paternité de l'œuvre à Beethoven, même en l'absence d'autres œuvres répertoriées, pour deux solistes. »

Simon était allé dormir après une longue journée de répétitions. Julien était sorti avec Sophie et Grégoire, de retour de leur aventure à Vienne. Ils faisaient maintenant les touristes dans la ville de Bonn, qu'ils aimaient particulièrement. Élise était restée à l'hôtel. Assise au piano du salon, elle relisait la une du journal, que son père avait traduite pour elle. Elle avait le cœur gros.

— Tu sembles bien triste, pour une jeune pianiste qui deviendra bientôt la coqueluche de toute l'Europe, dit le Maître.

Élise fut surprise de retrouver son fidèle compagnon, qui ne s'était pas manifesté depuis l'échauffourée dans la salle des archives et la fuite dans le passage secret. Elle se retint de lui sauter au cou.

— Ce n'est pas ce que je voulais. Je rêvais seulement de retrouver mon père. Ne trouvez-vous pas que toute cette histoire a pris une tournure à donner la chair de poule ? Où va-t-elle nous mener ? Mystère et boule de gomme ! Et ce voyage qui ne devait durer qu'une semaine s'allonge à cause d'une tournée de concerts. Autant vous le dire, j'ai le trouillomètre au maximum.

— Le quoi ?

— Heu… Le trouillomètre, ou instrument pour mesurer la peur.

— Bon… Vous avez des machines pour tout, observa Beethoven avec humour. Je suppose que ton angoisse est le prix à payer, Élise. Dans la vie, on n'a rien pour rien. Tu as réussi à rendre à ton père sa dignité et à blanchir sa réputation. C'est ce que tu voulais, n'est-ce pas ?

— Oui, mais ce n'est pas juste. Maintenant, tout le monde veut lui offrir des postes prestigieux : les conservatoires de Cologne, de Vienne et de Paris. Il sera encore trop loin de moi.

— Les nouvelles voyagent vite aujourd'hui grâce à vos petites boîtes portables et vos communications fusent comme l'éclair. Qui sait ? Peut-être qu'un représentant d'une université canadienne le textera pour lui offrir une chaire – texter, c'est bien ça ? Tu sais, à l'époque où j'ai vécu, il fallait avoir deux choses : un bon cheval pour assurer la livraison du courrier et un prince ou un roi bienveillant pour assurer son gagne-pain.

— S'il pouvait trouver un poste à Montréal, ça serait chouette, je pourrais le voir presque tous les jours.

— En attendant les bonnes nouvelles, je te propose de revoir certains passages de mon œuvre, que le monde attend avec fébrilité. J'aimerais te faire quelques petites suggestions sur la façon de les exécuter. Ce qui raccourcira de beaucoup les répétitions et te permettra de te joindre à tes amis pour visiter ma ville. Tu le veux bien ?

— Oui, quels autres interprètes d'œuvres classiques peuvent dire qu'ils ont eu le compositeur comme entraîneur ?

Beethoven se réjouit de voir que les nuages sombres, au-dessus de la tête de sa meilleure élève, semblaient se dissiper.

— Élise, j'ai une dernière question.

— Oui.

— Qu'est-ce que cette boule de gomme, dont tu parles ?

Élise se mit à rire et sortit de la poche de son jeans un morceau de Bazooka, pour lui faire une démonstration.

Le Maître écarquilla les yeux et un éclat de rire bruyant remplit la pièce.

          Élise et Beethoven

Dès le premier concert, les critiques décrivirent l'œuvre comme majestueusement interprétée. Ils écrivirent que l'émotion des musiciens était visible, sincère, et que le public avait été conquis. Cette nouvelle composition arracha des larmes aux auditeurs. Beethoven, lui, serait demeuré stoïque. « Les compositeurs ne pleurent pas. Les compositeurs sont des êtres de feu », aurait-il dit, comme dans le passé.

Cette œuvre, firent valoir les critiques, venait s'ajouter à la longue liste des manuscrits du Maître de Bonn et méritait toute l'attention et l'écoute du grand public. Ils exprimèrent leur profonde estime pour Simon et sa fille, en raison de leur acharnement et de leur travail pour faire redécouvrir la partition. Leur talent était le véritable phare de cette entreprise. Sans leurs efforts, le concerto serait demeuré inconnu ou, pire encore, serait tombé entre les mains de scélérats.

Seul le Dr Blunier complotait sa revanche, en attendant de comparaître devant la cour d'assises. N'ayant pas encore été condamné, il rongeait son frein dans une prison à sécurité minimale et jouissait de certains privilèges, à cause de sa renommée.

L'écho d'une lourde porte l'enfermant dans sa cellule résonnait encore dans sa tête. Il mijotait son évasion depuis quelques semaines. Ayant droit à un appel téléphonique par jour, il avait contacté Gomorrhe. Cet homme était le genre d'individu que l'on recrutait lorsqu'on se trouvait empêtré dans un bourbier inextricable. Il pouvait mettre la main sur un faux passeport, une voiture, des armes, des explosifs ou du poison. Il ne posait jamais de questions, mais exigeait un prix faramineux. Leur conversation avait paru brève et banale aux oreilles des policiers qui épiaient Blunier, mais les instructions avaient été précises.

Depuis le début de son incarcération, on lui avait donné accès à la salle de musique, où il travaillait comme instructeur. Après tout, il ne posait aucun risque pour les autres prisonniers. Ayant appris que le vieux piano à queue serait bientôt remplacé par un nouvel instrument, il en avait enlevé graduellement le sommier, les cordes, la table d'harmonie et le cadre métallique en prévision du déménagement.

Dans cette même prison, Gunther Heinz, qui avait raté le kidnapping de Sophie, attendait lui aussi de comparaître devant les tribunaux. L'ancien patron et son bras droit se retrouvèrent par hasard dans la cour de la prison, escortés par les gardiens, dans cet endroit spacieux où se récréer et prendre de l'exercice. Le Dr Blunier profita de son heure de marche pour s'assurer les services de son ancien acolyte.

— Heinz, tu dois t'inscrire à mes cours de chant.

— Mais, je n'ai pas d'oreille et je chante faux!

— Je ne cherche pas à savoir si tu sais chanter! Je veux seulement que tu viennes me retrouver dans la salle de musique. Tu vas m'aider à faire disparaître du matériel.

— Du matériel? Quel sale boulot veux-tu que je fasse maintenant?

— Ne pose pas tant de questions. Moins tu en sais, mieux tu te porteras. Assure-toi d'obtenir un laissez-passer, nous aurons beaucoup à faire.

 Élise et Beethoven

Puis, toujours à voix basse, le Dr Blunier dicta ses attentes.

Le lendemain, Heinz vint retrouver son ancien patron pour exécuter ses ordres. Il se chargea de faire disparaître toutes les pièces de métal et de bois retirées du piano, dans les bacs de recyclage des ateliers de menuiserie et de métallurgie où il travaillait tous les jours, pour meubler les longues heures de ses journées derrière les barreaux.

Le matin où les déménageurs se présentèrent à l'entrée de la prison avec leur camion, Blunier s'était enfermé à l'avance dans l'instrument, en s'assurant de bien en verrouiller le couvercle de l'intérieur. Gomorrhe avait reçu l'ordre de bloquer le passage du camion dans une des rues étroites de la ville, en installant des barricades temporaires, pour l'empêcher d'avancer. Pendant cette halte, le Dr Blunier sortit de sa cachette, ouvrit l'arrière du camion et monta sans difficulté dans la voiture qui avait été garée pour lui en bordure du trottoir. Dans le coffre à gants, Gomorrhe avait laissé trois choses : de fausses cartes d'identité, les papiers d'immatriculation de la voiture et l'arme à feu préférée de Blunier. Sur la banquette arrière, son complice avait aussi placé des vêtements pour remplacer le costume de prisonnier, qui aurait pu alerter des témoins ou les autorités.

Mme Bloomberg était sur le point de verrouiller la porte des archives en fin de journée, lorsqu'un homme mal rasé se présenta, portant un chapeau et des verres fumés.

— C'est ici qu'on réserve des places pour le prochain concert de Beethoven ?

— Non, vous devez faire cette demande au comptoir du musée, à l'étage supérieur. Je suis désolée de ne pouvoir vous être utile.

— Ne soyez pas désolée, vous allez m'être très utile, dit l'étranger en enlevant son déguisement et en tirant un pistolet de sa poche de veston.

— Vous ? Je vous croyais derrière les barreaux !

— Oui, c'est juste, mais j'avais encore quelques petites tâches à terminer.

— Que voulez-vous dire ?

— Cessez de trembler, je ne vous veux aucun mal. Vous allez gentiment fermer boutique et faire un appel pour moi.

Mme Bloomberg s'empressa de faire ce que le Dr Blunier lui demandait et de composer le numéro de téléphone inscrit sur le bout de papier qu'il lui tendait.

— Je voudrais avoir la suite de Julien Lesage, s'il vous plaît.

Elle entendit une sonnerie qui lui sembla interminable, puis une voix :

— Bonjour, Julien Lesage à l'appareil.

— Monsieur Lesage, bonjour, ici Madame Bloomberg, des archives du Beethoven Haus. Je m'excuse de vous déranger à cette heure.

Le Dr Blunier lui fit signe, avec le bout de son pistolet, d'accélérer la conversation.

— Vous ne me dérangez pas du tout, je suis heureux d'avoir de vos nouvelles.

— Pourrais-je vous demander de passer aux archives du musée, le plus tôt possible ? J'ai fait une nouvelle découverte que j'aimerais partager avec vous et votre équipe. Je sais que vous êtes très occupés depuis quelque temps, mais il est primordial que vous veniez aujourd'hui, sans faute. Je vous attends. Descendez directement, le musée vient de fermer.

— Nous arrivons tout de suite.

Julien raccrocha et alla trouver les autres membres du groupe. Curieux de savoir en quoi consistait cette nouvelle découverte, Simon, Grégoire, Sophie et Élise acceptèrent sans hésiter l'invitation de leur amie l'archiviste.

— Nous allons prendre un taxi. J'ai promis d'y être dans quelques minutes.

Lorsqu'ils arrivèrent au musée, ils trouvèrent la porte des archives entrouverte.

— C'est bizarre, dit Simon en entrant, suivi de tout le groupe. Mme Bloomberg est tellement attentive aux mesures de sécurité.

— Oui, normalement, la police serait déjà sur les lieux, ricana le Dr Blunier, qui sortit de l'ombre en brandissant son arme. Je vous prie d'entrer, de verrouiller la porte et de passer dans la salle où vous m'avez laissé inconscient lors de notre dernière rencontre.

Du seuil de la pièce, ils virent Mme Bloomberg, assise et bien ligotée sur une chaise. Elle se taisait, penaude, comme sous le choc.

— Ne vous avisez pas de jouer les héros. En essayant de secourir mon otage, vous risqueriez de la tuer. J'ai caché une seringue remplie d'un poison mortel sur sa personne et fait en sorte que le liquide passe dans ses veines à la moindre alerte. Alors, je vous recommande fortement de suivre mes instructions à la lettre. D'abord, vous allez vous mettre à l'aise, sur les cinq chaises que j'ai pris soin d'aligner pour vous.

Tous s'installèrent à l'endroit désigné. Julien entreprit de connaître les intentions de leur agresseur.

— Mais pourquoi tenez-vous à notre présence ? Et pourquoi malmener cette pauvre femme ?

— C'est elle qui m'a empêché de reprendre mon héritage.

— Votre héritage ?

— Oui, Élise, mon héritage. Beethoven est mon aïeul. Tout ce qui se trouve ici m'appartient.

— Beethoven aurait eu un enfant ? s'étonna Simon.

— Exactement ! cria le Dr Blunier, surexcité. Il était le père de Minona Stackelberg, née en 1813, fille de la comtesse Joséphine de Brunswick, abandonnée par son mari, l'infâme, l'immonde, le crapuleux baron Christoph Stackelberg.

— La fille de l'Immortelle bien aimée ? Ça alors ! souffla Élise.

CHAPITRE 21

La fille anonyme

— Le Dr Blunier dit vrai, acquiesça d'une voix chevrotante Mme Bloomberg, sortant de sa torpeur. Le mystère de Minona Stackelberg, née à Vienne, plane au-dessus des Brunswick depuis un siècle. Les descendants de cette famille, encore en Hongrie aujourd'hui, ont toujours nié un lien possible entre le musicien et la fille illégitime de Joséphine.

— Le sort de la fillette, dont le nom à l'envers se lit *Anonim*, était lié à celui de sa pauvre mère. Au moment de la naissance, seule Thérèse, sœur de Joséphine, était présente et, grâce aux documents fragmentaires qui ont survécu, j'ai appris qu'à l'âge de dix-huit mois, Minona grandissait forte et saine. Cependant, le mauvais génie a tourmenté cette malheureuse fille et sa mère, abandonnées de tous et sans le sou.

— Minona était donc votre arrière-grand-mère et, pour cette raison, vous « lui » ressemblez.

— Je ressemble à qui, Élise ?

— À Beethoven lui-même. C'est ce qui m'embrouillait, mais tout est clair maintenant. Le soir de notre visite à bord de votre bateau, je trouvais que vous me rappeliez un visage, mais je n'arrivais pas à faire le lien. Vous avez sa mâchoire, ses yeux et ses cheveux.

Le Dr Blunier posa son fusil. Il semblait ému.

— C'est ce que j'espérais entendre. Toute ma vie, j'ai vécu avec ce terrible secret. Je n'ai que deux vieilles photos, retrouvées après bien des années de recherche. Vous voulez les voir ?

Ses otages hochèrent la tête.

— Vous voyez, dit le Dr Blunier en remettant les deux photos à Julien, la première semble remonter aux années 1845-1850. Vous pouvez y voir une femme jeune, robuste, aux yeux pénétrants et à la mâchoire volontaire, tout à l'opposé du phénotype allemand, mais beaucoup plus semblable à l'Espagnol, comme on surnommait Ludwig dans sa jeunesse...

Il se tut pendant que la première photo circulait parmi les captifs.

— L'autre est un portrait pris vers la fin de sa vie. Minona a les pommettes hautes, les lèvres minces, le regard tourné vers le bas. Sa ressemblance avec son père présumé est angoissante, mais le mystère demeure. La vérité à propos de Minona était connue uniquement de sa mère et de sa tante Thérèse.

Après que chacun eut examiné les photos, il y eut un long silence, brisé par Julien, probablement plus curieux ou alors plus téméraire que les autres.

— Il existe certainement une façon de prouver son identité, puisque vous dites être le descendant direct de cette malheureuse ? Madame Bloomberg, vous pourriez sans doute nous éclairer là-dessus ?

  Élise et Beethoven

– Certainement. Les rapports bien connus entre Beethoven et Joséphine se seraient poursuivis après son second mariage et auraient eu un épilogue intime à Prague, en juillet 1812. La première preuve en serait la lettre à l'Immortelle bien-aimée. De plus, Minona est née Stackelberg, le 9 avril 1813. Le baron Christoph Stackelberg vivait cependant en Estonie, à cette époque, avec une autre femme. C'est la deuxième preuve. Il rendra visite à Joséphine deux fois seulement, en janvier et en octobre 1812. On peut en déduire aisément que Minona n'était pas sa fille.

– La troisième preuve, osa Sophie, est l'ADN de Beethoven, que nous avons obtenu avec l'aide d'Interpol. Si on prélevait un peu de votre salive et de vos cheveux, on pourrait faire des comparaisons et prouver que vous êtes bien celui que vous prétendez être. Qu'est-ce que tu en penses, Julien ?

– L'hypothèse de ce lien de parenté n'est pas pure conjecture, bien qu'elle n'ait pas trouvé crédit. Si aucun fait déterminant ne permet de prétendre à une certitude, le contraire est également vrai : rien ne dément la possibilité que Minona fût bel et bien la fille de Beethoven.

– Madame Bloomberg, où Minona est-elle enterrée ? demanda Grégoire.

– Elle est morte le 27 février 1897, à Vienne. Sa dépouille repose au Cimetière Central de Vienne. Sur sa pierre tombale, on peut lire le psaume suivant :

Lorsqu'un vent passe sur elle, elle n'est plus,
Et le lieu qu'elle occupait ne la reconnaît plus.

— Elle est donc enterrée dans le même cimetière que Beethoven et elle a vécu dans la ville où il vivait. Je suis certaine qu'il ne l'a pas abandonnée.

— Tu as raison, Élise, Beethoven et Joséphine se sont rencontrés souvent au cours d'une période de vingt ans. Les étoiles avaient prédéterminé leur avenir et Minona faisait partie de leur destin malheureux. Comme sa mère, elle a appris le piano et comme son père, elle a composé des œuvres qui ont été publiées, mais elle est toujours demeurée la « fille anonyme ».

— Alors, trêve de bavardage d'archiviste, comment diable allons-nous procéder ? interrogea le D\u1d63 Blunier.

— Docteur, je propose que vous vous rendiez à la police, pour ne pas compliquer les accusations qui pèsent déjà contre vous. Ainsi, vous aurez la chance d'expliquer au juge ce qui a motivé vos actions. Nos amis canadiens et moi-même allons témoigner en votre faveur, afin que votre sentence soit plus légère. De cette façon, avec l'aide de la police, nous pourrons faire les tests d'ADN.

Après un moment de réflexion, le ravisseur dit à Mme Bloomberg :

— Je suis prêt à vous libérer, à la condition que vous me promettiez de me rendre un objet précieux qui aurait appartenu à Beethoven.

— Je vous le promets.

Libérée, Mme Bloomberg prit l'arme du D\u1d63 Blunier et téléphona pour informer les policiers qu'il voulait se rendre.

Grégoire eut une illumination.

— Et cette seringue remplie de poison ?

— Elle n'a jamais existé. Je voulais seulement vous faire coopérer pour que vous entendiez enfin mon histoire. J'ai voulu d'abord me venger, mais je me suis vite rendu compte de la futilité d'un tel geste. Vous m'avez sauvé la vie, je m'étais embourbé dans un réseau de mafieux russes, trafiquant des œuvres d'art volées, et je ne savais plus comment m'en sortir. Au départ, je désirais seulement me rapprocher de mon ancêtre et de son œuvre.

Une fois devant le tribunal, le Dr Blunier expliqua son comportement et exprima ses profonds regrets. Après les témoignages de Mme Bloomberg, de Julien et de toute la bande, le juge ordonna que le Dr Blunier soit incarcéré dans un hôpital psychiatrique pour y subir des évaluations afin de déterminer son état physique et mental. Il dut se soumettre immédiatement à des tests d'ADN. Si le lien de parenté avec le grand compositeur se confirmait, Blunier purgerait sa peine en travaillant dans les archives du Beethoven Haus pendant un minimum de cinq ans, sous la direction de Mme Bloomberg. En cas de supercherie, il passerait dix ans dans la prison des moines cisterciens, en Bavière, où il enseignerait la musique aux jeunes délinquants.

Aidés par Interpol, Sophie et Grégoire retournèrent à Vienne avec les nouveaux prélèvements. Allaient-ils établir un lien de parenté entre le Dr Blunier et Ludwig van Beethoven ?

CHAPITRE 22

Simple supercherie

Le téléphone sonna dans la chambre de Julien.

— Allo ? Oui, bonjour Madame. Oui, je vois.

Il y eut une longue pause. Puis Julien parla de nouveau :

— Oui, oui, je comprends. Merci, merci de m'avoir fait part de ces nouvelles. Je vais mettre les autres au courant. Merci encore de votre appel. Au revoir.

Julien posa le combiné, puis il invita Simon et Élise à se joindre à lui, dans le salon de leur suite. Leurs amis se trouvaient toujours à Vienne, où les parents de Sophie étaient venus la retrouver. Ils prévoyaient visiter Salzbourg et le Tyrol, la province la plus célèbre d'Autriche, en raison de ses magnifiques montagnes et de ses traditions préservées. Grégoire serait aussi du voyage, en attendant que le trio de musiciens vienne les rejoindre pour un dernier concert dans la capitale autrichienne.

— Je viens de recevoir un appel de Mme Bloomberg.

— Ah bon ? Comment se porte-t-elle ?

— Bien, je crois, Simon. Mais... elle n'avait pas de bonnes nouvelles. Le juge qui a entendu la cause du Dr Blunier vient tout juste de lui parler.

— Et alors, quel est le verdict ?

— Les tests prouvent qu'il n'y a aucun lien de parenté entre Blunier et Beethoven. Sophie a découvert que Minona Stackelberg ne s'est jamais mariée et n'a jamais eu d'enfants. Les tests d'ADN, que Grégoire a faits de son côté avec Interpol, viennent confirmer qu'il ne peut être un de ses descendants.

— Ah non ! Dans ce cas, comment expliquer la ressemblance entre Blunier et Beethoven ?

— Simple supercherie, Élise. Au cours de l'évaluation de Blunier comme patient de l'*Institut für Molekulare Psychiatrie* de Bonn, le personnel infirmier a découvert qu'il portait des lentilles teintées pour cacher ses yeux bruns ; ses cheveux en broussaille étaient en fait une perruque. En réalité, il est blond et presque chauve. De plus, il aurait subi une chirurgie plastique pour modifier l'apparence de son menton et de sa mâchoire.

— Comment un homme arrive-t-il à faire des choses aussi extrêmes ? dit Simon.

— Il voulait à tout prix récupérer ce qu'il croyait être son héritage.

— Il est soit rusé, soit complètement fou, ajouta Élise.

— Mme Bloomberg vient tout juste de me dire qu'elle s'est doutée que Blunier avait perdu contact avec la réalité, lorsqu'il a accepté sa promesse de lui rendre un objet précieux qui aurait appartenu à Beethoven. Il a réagi comme un enfant à qui on offre une sucrerie. C'est pour cette raison qu'elle a pris son arme. Elle s'inquiétait de le voir changer

　　　　　　　　　Élise et Beethoven

d'idée et nous faire du mal, dans son état instable. Il s'agit d'un homme malade. Les psychiatres de l'hôpital ont diagnostiqué un dédoublement de personnalité. En effet, Blunier se croit, non pas l'arrière petit-fils de Beethoven, mais la réincarnation de Beethoven lui-même.

— Wow! Il semblait tellement sincère en cour, lorsqu'il s'est repenti d'avoir essayé de vendre les œuvres volées, rappela Élise.

— Il faut croire que lorsqu'on commence à mentir, on ne parvient plus à s'arrêter.

— Cette ruse faisait partie de ses machinations. Les détectives ont saisi son ordinateur à bord du bateau. Sur le disque dur, ils ont trouvé les descriptions détaillées de tous ses plans, la liste des membres de son réseau de trafiquants et la mise au point de ses tactiques s'il était arrêté.

— C'est incroyable, dit Simon.

— Je pense que je vais aller prendre l'air. J'ai besoin de réfléchir à tout cela. Je vais passer par le musée. Je voudrais parler à Mme Bloomberg et la remercier pour tout ce qu'elle a fait pour nous. Entre passionnées de Beethoven, on se comprend!

— Tu veux qu'on t'accompagne? demanda Julien, en voyant Élise aussi bouleversée.

Son élève ne lui avait pas reparlé du fantôme de Beethoven, mais la connaissant, il se doutait que tout ce qui touchait à la vie du grand Maître faisait vibrer en elle une corde sensible.

— Non, ça va. Je serai de retour après la fermeture du musée.

— Nous devons faire nos bagages ce soir, n'oublie pas que nous partons pour Vienne de grand matin.

— Ne vous inquiétez pas pour ça. Lorsque j'étais petite, papa m'a promis de me faire visiter cette ville et je vais exiger qu'il tienne sa promesse.

— Et moi, je vais y être fidèle, dit Simon en souriant. Par contre, je n'aurais jamais cru que nous jouerions ensemble en concert, dans la ville de Mozart.

Élise prit son blouson de cuir et son sac à dos. Après avoir fait la bise à son père et à Julien, elle sortit juste à temps pour prendre l'ascenseur, qui venait de s'arrêter à leur étage.

Depuis l'arrestation du Dr Blunier, l'hôtel avait retiré les gardes de sécurité, jugeant que le danger était maintenant passé. Au dehors, Élise ne risquait de rencontrer que des mélomanes, genre groupies, qui voudraient son autographe. Elle se sentait soulagée de pouvoir marcher librement dans la rue, sans avoir à regarder par-dessus son épaule. Le soleil couchant la réchauffait de ses derniers rayons et elle vit, pour la première fois, que les arbres étaient en fleurs. « Quelle chance il a eue de vivre ici ! » se dit-elle, en pensant à Beethoven.

CHAPITRE 23

Les Adieux

Élise se présenta au musée vers la fin de l'après-midi. Le gardien qui l'avait mise à la porte la première fois, lui fit un grand salut. Il lui tendit une enveloppe cachetée d'un sceau à la cire rouge arborant les lettres *LVB*. Dessus, elle put lire :

Pour Élise

Elle reconnut l'écriture du Maître et son cœur se serra. Elle aurait voulu s'inventer mille raisons de ne pas décacheter cette lettre, remettre à demain l'inévitable, même si elle savait d'avance que ce message serait le dernier. Elle fit appel à toutes ses forces pour ne pas s'apitoyer sur son sort. Comme elle glissait les doigts sous le pli du papier pour briser le sceau, l'image de Ludwig l'envahit. Penché sur sa table, il rédigeait ces quelques mots à la lueur d'une chandelle. Elle vit les moments d'hésitation entre chaque phrase qu'il composait, ainsi qu'une douce lueur dans ses yeux chagrins.

Elle traversa la rue et s'installa sur un banc, dans le petit parc en face du musée. Elle fixa un instant la fenêtre de la pièce où elle était venue lui demander conseil. Elle attendit encore un peu, ne voulant quitter cette fenêtre du regard au cas où elle y verrait son ombre. Les derniers visiteurs quittèrent bientôt le musée, toutes les lumières s'éteignirent et le gardien verrouilla la porte d'entrée. Une bourrasque la fit frissonner.

Elle ouvrit enfin l'envoi et déplia les feuilles de papier. Elle ferma les yeux un instant, serra quelques secondes la missive contre sa poitrine et se décida enfin à dire le texte à haute voix, pour en entendre les mots.

Ma bien chère Élise,

Le temps est venu pour moi de te faire mes adieux. Je suis fier de ta réussite au concours international et je serai présent à ton dernier concert à Vienne. Par la suite, je disparaîtrai de ta vie et nous ne pourrons plus communiquer ensemble, comme nous le faisons depuis déjà plusieurs mois.

Je serai toujours près de toi pour te venir en aide, mais les réponses à tes questions te viendront à travers des moments d'inspiration ou lorsque tu joueras une de mes compositions, comme celle qui porte ton nom. Ton père rentrera au Canada avec toi. Il est bien chanceux d'avoir une fille qui a du cran et qui est courageuse comme tu l'es.

Je m'excuse de t'avoir caché l'existence secrète de ma fille. On a écrit toutes sortes d'histoires à mon sujet, beaucoup étaient des mensonges et quelques-unes des vérités. Il aurait fallu une vie entière pour tout t'expliquer. Il vaut mieux laisser les choses comme elles sont, parfois.

J'aurais voulu être un meilleur oncle pour mon neveu et un meilleur père pour Minona, que je ne voyais qu'à l'occasion. Ma musique et ma surdité ont fait de moi un être avec lequel il aurait été difficile de vivre. Plus je vieillissais, plus ma musique m'absorbait. J'étais obsédé au point de ne plus me soucier de mon apparence. Je me contentais de rapides ablutions au lieu de me laver.

Dans mon appartement, j'avais quatre pianos sans pattes et des piles de manuscrits que personne n'avait le droit de toucher. Pour mieux ressentir les vibrations des marteaux sur les cordes, puisque je n'entendais plus les notes de musique, je me servais d'une baguette de bois, dont une extrémité était placée dans la boîte du piano, et l'autre entre mes dents. J'usais de ce moyen pour entendre ma musique. Il m'arrivait de composer assis par terre, devant un piano posé à même le sol. Je travaillais souvent en sous-vêtements ou même nu. Si mes amis venaient me visiter pendant que je composais, ils devaient communiquer avec moi par écrit, dans mes petits carnets de conversation. Souvent, je les ignorais complètement. Je terrorisais aussi mes domestiques.

Je menais une vie misérable. J'évitais toute forme de société, parce qu'il ne m'était pas possible de causer avec les gens. D'une part, quand on parlait doucement, j'entendais à peine... et d'autre part, quand on criait, cela m'était intolérable... Il n'y avait point de bonheur pour moi en ce monde.

Élise, ne sois pas attristée par mon absence. Tu as une grande carrière devant toi, et sache que tu es aimée.

Ma mission est accomplie.

Humblement,

Ludwig

Élise mit la lettre dans sa poche et alla sonner à la porte des archives. Mme Bloomberg vint tout de suite lui ouvrir.

– Nous partons demain, et je voulais...

Élise ne put terminer sa phrase et tomba en sanglotant dans les bras de l'archiviste, qui la serra dans ses bras, en la berçant tout doucement, comme on le fait pour consoler un enfant.

– *Celui-là t'aime bien qui te fait pleurer*, a écrit Cervantès. Élise, sèche tes larmes. Tu reviendras souvent dans cette ville au cours de ta carrière de grande musicienne. Il sera toujours là pour te protéger, comme il l'a été pour ma famille.

Surprise, Élise cessa de pleurer. Mme Bloomberg lui tendit son mouchoir de dentelle.

– Vous saviez que je pouvais le voir ?

– Bien sûr. Comment une jeune fille de ton âge aurait-elle pu traquer et déchiffrer les indices pour arriver à résoudre l'énigme de ce manuscrit incomplet ?

– Je suis venue pour vous remercier de votre courage et pour tout ce que vous avez fait pour nous.

– Je ne suis pas courageuse. Nous avons plutôt eu, toutes les deux, un formidable allié.

Élise et Mme Bloomberg se mirent à rire.

– Avant de quitter la ville, je voulais vous demander s'il serait possible de voir le livre dans lequel sont publiées les lettres que Beethoven a écrites à Joséphine.

– Vous partez demain pour Vienne ?

– Oui, nous devons prendre le premier train.

– Vous aurez donc quelques heures pour lire à bord du train, n'est-ce pas ? Alors, je vous offre mon propre exemplaire. Attendez-moi ici, j'en ai pour deux minutes.

Mme Bloomberg revint au bout d'un moment et plaça entre les mains d'Élise un colis délicatement emballé, attaché avec un ruban de soie.

— Je ne peux accepter un tel cadeau !

— Mais si, et vous feriez bien plaisir à une vieille dame. D'ailleurs, je ne vous donne pas le choix.

— Alors, puisque je n'ai pas le choix, je vous remercie et je ne m'en séparerai jamais.

— Tu sais que le portrait de Joséphine se trouve ici, dans la maison de Beethoven.

— Celui de la jolie dame, à l'étage où se trouve son pupitre ?

— Oui. Tu sais, au cours des derniers mois de sa vie, un ami surprit Beethoven seul, embrassant ce portrait. Il pleurait et parlait fort, suivant son habitude : « Tu es si belle, si grande, pareille aux anges ! » L'ami se retira, revint un peu plus tard, le trouva au piano, et lui dit : « Aujourd'hui, mon vieil ami, il n'y a rien de diabolique sur votre visage. » Beethoven lui répondit : « C'est que mon bon ange m'a visité. »

— Il devait beaucoup l'aimer.

— Plus que nous ne pouvons l'imaginer.

— Je dois rentrer à l'hôtel, mon père et Julien vont s'inquiéter si je tarde trop.

Mme Bloomberg raccompagna Élise jusqu'à la porte des archives.

— Élise, je vous souhaite de faire un malheur lors de ce dernier concert à Vienne et de faire bonne route en rentrant au Canada.

Elles se quittèrent en se promettant de demeurer en contact par appel vidéo.

Par un matin brumeux, Julien, Simon et Élise prirent le train de six heures à la Gare centrale de Bonn. Ils montèrent dans leur wagon et s'installèrent dans leur compartiment. Élise vit défiler la ville, à mesure que le train s'éloignait. Elle tira de son sac le livre que Mme Bloomberg lui avait remis en cadeau.

— Qu'est-ce que c'est ? lui demanda Simon.

— Un cadeau de Mme Bloomberg.

À l'intérieur, elle trouva deux pages attachées avec un trombone.

Chère Élise,

Voici la lettre pour l'Immortelle bien-aimée, retrouvée après la mort de Beethoven en même temps que le testament d'Heiligenstadt. J'ai pensé que tu aimerais aussi la lire. C'est la lettre qui ne lui est jamais parvenue.

Élise s'allongea à son aise sur la banquette pour lire tranquillement, mais bercée par le ballottement du train, elle succomba à la fatigue accumulée depuis les derniers jours et tomba dans un profond sommeil.

Elle rêva à Ludwig. Il essayait de lui expliquer que son voyage avait été affreux, qu'il n'était arrivé qu'hier à quatre heures du matin, parce qu'on manquait de chevaux et que la poste avait choisi un autre itinéraire ; que la route était horrible, et qu'à l'avant-dernier relais, on lui avait déconseillé de voyager de nuit, lui faisant craindre les bois. Au contraire, cela ne fit que l'exciter. Il avait eu tort de continuer, la voiture s'était brisée sur l'affreux chemin défoncé, une simple route de campagne. Sans ses deux postillons, il serait resté pris en route.

Élise arrivait parfois à ouvrir les yeux, pour voir Julien et son père en pleine conversation. Leurs voix et le claquement régulier des roues sur les rails contribuèrent à l'hypnotiser ; elle se rendormit. Six heures après leur départ, Simon secoua doucement une Élise d'abord dépaysée.

– Nous sommes arrivés.

– Où sommes-nous ?

– Le train entre en gare à Vienne, il est quinze heures.

– J'ai dormi tout ce temps ?

– Il faut croire que tu avais besoin de te reposer.

– Vous auriez pu me réveiller !

– Nous avons préféré te laisser dormir, dit Julien.

Grégoire et Sophie attendaient sur le quai, avec les parents de cette dernière et un agent d'Interpol. Lorsque le trio descendit du train, ce furent de joyeuses retrouvailles. Tout le monde parlait en même temps, voulant raconter les dernières nouvelles et faire des commentaires sur le sort du pauvre Dr Blunier.

Une fois installés à l'hôtel Sacher, au cœur de la ville, Élise et Simon se rendirent à la salle dorée de l'Orchestre philharmonique de Vienne, pour rencontrer les musiciens et se préparer au concert qu'ils devaient donner le soir même.

Dans une salle comble, lorsque la dernière note résonna, des applaudissements assourdissants et sans fin retentirent. Debout, la foule les acclamait. Main dans la main, Élise et son père vinrent se placer au centre de la scène, devant leurs pianos. Simon se pencha pour dire à l'oreille de sa fille qu'il rentrerait à Montréal avec elle.

Élise fit une profonde révérence au public encore debout. Lorsqu'elle releva la tête, le fauteuil au centre de la première rangée était libre. Le Maître avait disparu. Un léger sourire se dessina sur le visage de la jeune artiste, toujours illuminé par les projecteurs. Elle comprenait enfin le sens de « sa » mission.

Le lendemain, accompagnée de son père, de son professeur de musique et de ses meilleurs amis, Élise se rendit au cimetière central de Vienne, où se trouvaient les sépultures de Beethoven et de Minona. Sur leur tombe, elle déposa une gerbe de fleurs.

À propos de l'auteure

Née à Trois-Rivières de mère acadienne et de père norvégien, K. E. Olsen vit maintenant à Kelowna, en Colombie-Britannique, où les lacs, les forêts et les montagnes lui rappellent ses origines.

Comme son héroïne, elle a été nourrie de récits fabuleux dès l'enfance. L'histoire d'Évangeline et les sagas nordiques ont coloré sa vision de l'univers. Ses études et son travail l'ont amenée à voyager. Elle a d'abord enseigné le français au Manitoba, puis en Allemagne, pendant cinq ans. Ensuite, elle a vécu plus de vingt ans en Saskatchewan, où elle a fait connaître le français aux élèves du programme d'immersion. En parallèle, K.E. Olsen augmentait son bagage de compétences en éducation et en administration, à l'Université d'Ottawa. Pédagogue expérimentée, elle a ajouté à sa formation deux années de Beaux-arts à l'Université de Regina.

En 2009, son goût des langues l'a incitée à écrire, en anglais, l'histoire d'*Osemo The Rainbow Zebra*, qu'elle a illustrée également. Cet ouvrage lui a valu une nomination pour les *Saskatchewan Book Awards*, récompensant le meilleur premier livre pour enfants. Son texte a aussi été remarqué à titre de ressource pédagogique. *Élise et Beethoven* est son premier roman.

Passionnée d'art et de littérature, elle peint dans ses temps libres. Sinon, elle travaille à une nouvelle série pour enfants, mettant en vedette le personnage de Pénélope Petit Pois. Elle fait du ski alpin, adore la mer, faire la cuisine et recevoir des amis. Elle a un faible pour les humoristes québécois.

K.E. Olsen a beaucoup voyagé. Il lui reste à voir la Chine, l'Australie et les Indes.

Table des matières

14/18

Collection dirigée par Renée Joyal

BÉLANGER, Pierre-Luc. *24 heures de liberté*, 2013.

FORAND, Claude. *Ainsi parle le Saigneur* (polar), 2007.

FORAND, Claude. *On fait quoi avec le cadavre ?* (nouvelles), 2009.

FORAND, Claude. *Un moine trop bavard* (polar), 2011.

LAFRAMBOISE, Michèle. *Le projet Ithuriel*, 2012.

LAROCQUE, Jean-Claude et Denis SAUVÉ. *Étienne Brûlé. Le fils de Champlain* (Tome 1), 2010.

LAROCQUE, Jean-Claude et Denis SAUVÉ. *Étienne Brûlé. Le fils des Hurons* (Tome 2), 2010.

LAROCQUE, Jean-Claude et Denis SAUVÉ. *Étienne Brûlé. Le fils sacrifié* (Tome 3), 2011.

LAROCQUE, Jean-Claude et Denis SAUVÉ. *John et le Règlement 17*, 2014.

MALLET-PARENT, Jocelyne. *Le silence de la Restigouche*, 2014.

MARCHILDON, Daniel. *La première guerre de Toronto*, 2010.

OLSEN, K.E. *Élise et Beethoven*, 2014.

PÉRIÈS, Didier. *Mystères à Natagamau. Opération Clandestino*, 2013.

ROYER, Louise. *iPod et minijupe au 18ᵉ siècle*, 2011.

ROYER, Louise. *Culotte et redingote au 21ᵉ siècle*, 2012.